嬗变与安定

合肥工业大学出版社

郑生发　著

图书在版编目(CIP)数据

嬗变与安定/郑生发著. --合肥:合肥工业大学出版社,2025.

ISBN 978-7-5650-7024-2

Ⅰ. I267

中国国家版本馆 CIP 数据核字第 2025FW6496 号

嬗变与安定

郑生发 著 责任编辑 王钱超

出 版	合肥工业大学出版社	版 次	2025 年 4 月第 1 版
地 址	合肥市屯溪路 193 号	印 次	2025 年 4 月第 1 次印刷
邮 编	230009	开 本	710 毫米×1010 毫米 1/16
电 话	人文社科出版中心:0551-62903205	印 张	11
	营销与储运管理中心:0551-62903198	字 数	186 千字
网 址	press. hfut. edu. cn	印 刷	安徽联众印刷有限公司
E-mail	hfutpress@163. com	发 行	全国新华书店

ISBN 978-7-5650-7024-2 定价: 49.80 元

如果有影响阅读的印装质量问题,请与出版社营销与储运管理中心联系调换。

与时代同频共振

——读郑生发《嬗变与安定》

朱移山

在人类社会发展历程中，会反复出现类似的三个阶段性特征，其起伏或长或短，表现为：从情感渲染到理性反思再至思想升华。比如，西方古希腊罗马时期，以神话寓言戏剧雕塑艺术为载体，爱情向往、英雄崇拜等神秘想象情感萌动勃发，但到中后期则走向规范历史书写、理性科学总结乃至哲学的系统沉思；经历中世纪的黑暗，14—16 世纪，西方文艺复兴，追求自然、完美与个性独立的人文主义席卷欧洲，接着是 17、18 世纪科学理性精神兴发与实用性资本主义萌芽，众多科学家、哲学家纷起。又如，中国古代春秋战国，两汉，魏晋南北朝，唐宋等，这种阶段性发展与重现不一而足；近现代五四启蒙到大革命时代昂奋、沉沦、省思；直至新中国成立后的五六十年代尤其是 1978 年改革开放后，80 年代各种思潮风起云涌，人的精神日新月异，从人文到科技，各领域精彩纷呈；90 年代后至今，国人逐渐内敛，沉淀，回环，宁静，沉思。就作为人的情感表达最直接形式的文学艺术创作来说，改革开放以来短短的 40 余年当中，所谓伤痕文学、反思文学、改革文学、寻根文学、先锋文学、新写实主义，各艺术表现思潮迅速登场与递嬗。这是距离最近也是我们大多数人亲身经历的时代，最能让人真切感受社会发展的三个阶段性特征。

人类社会的发展潮起潮落，而社会的主体是人，所以时代的特征演变也即人的情感、思想与行为的特征演变。人分为个体与群体，从个体人自然属性来看，其生命经历年少、青春、壮年、老年之周期，但每一个体都生活在群体之中，所以个体生存与发展选择必定受社会制约与影响，两者密不可分，因而古人总结：三十而立，四十不惑，五十知天命，六十耳顺，七十从心而欲不逾矩；今人也有慨叹：20 岁不知道自己该干什么，30 岁知道自己该干什么，40 岁知道自己不该干什么。无数个体这种青春躁动——理性反省——深思熟虑的生命之流汇成时代发展的洪流，一波又一波推涌向前，从而凝聚和蒸腾出社会的整体性特征。造成个体生命与社会变迁螺旋式往复上升的原因很多，但起因多是对过往的社会积弊的反弹，如缺陷的制度被革故鼎新，导致普遍被压抑的人性冲破藩篱而释放，随之带来人的命运变迁和具体生活的变动，从而个体情感勃发，社会焕然一新。社会与人性的互动趋至新的阶段后，两者均呈现出理性反思与思想升华的主调。

2016 年秋，郑生发散文集《洪水中的麦子》在合肥工业大学出版社出版，我当时以《有多少忧伤可以超越》为题作序；8 年后，郑生发第二本散文集《嬗变与安定》又将付梓，我仍受嘱作序。倍感荣幸之时，我也深度沉浸于此集 60 余篇文章所叙之中。与他的第一部散文集相比，这部散文集主题乃至写作风格有了明显变化，表现出从情感往理智的过渡乃至某种程度上的思考，那种年轻时的哀怨忧伤铺陈情绪一扫而光，代之的是中年期的理性与人生感悟，宽松、宽容、宽厚情态毕现。这两部作品的主调变化较清晰地体现出上述作为个体的人与其所身处的社会共有的阶段性变化特征。

我在郑生发的第一部散文集序言中试着从历史时代变迁与地域文化积淀的角度展开分析，今天读着《嬗变与安定》依然让我离不开社会发生学的思考。作者出生于1970年，集中文字创作于近8年中，正是人生中年心态记述。这些年，中国社会虽然适逢百年未有之大变局，世界风云激荡，但中国政府的坚强定力确保国内普通居民的工作与生活依然基本保持正轨，因而绝大多数人的心态和思想循着惯性，不随"嬗变"而依旧"安定"。中年时期的郑生发，大家庭中的各成员各有各的幸福，和睦祥和，自己也终于拥有相对能发挥所长的工作岗位，孩子学习进步、就业顺心；最关键的，作者生活在县城，离老家也只有20来公里，且现代交通方便，来去便捷称心，未离乡土和故人。人生活环境的熟稔亲切势必带来其行为的方便轻松与内心的自在安宁。因而，作者回望历史的姿态变得松弛，观望社会的眼光变得温柔，回忆友人谅解大度，对待亲情慈祥包容，审视自己也能和解自洽。

《嬗变与安定》全书共分为5辑。《乡土亲情》写祖父祖母，父亲母亲，儿子，姑妈与表亲，池塘、杏树、饭香，马路和狗事的变迁，乃至拜年、开秧门等故土风俗人情，没有了《洪水中的麦子》那样的急促与躁动，代之的是轻松谐趣的叙述。《履痕深深》写自己经历过的人生深刻记忆点，诸如"中年"的各种"危机"，高中求学的"渣肉"记忆，酒厂工作喜悲、南下海南求职的遭遇，等等，也多是时过境迁后的超脱与幽默。《芸芸众生》俯瞰世间普通人事，身边或远方，当下或过往，乡亲、同学、同事、文友的趣事和遭际，娓娓叙述中充满宽怀悲悯之情。《身在警营》系对工作与社会现象的思考，有对英雄事迹和勇敢正义行为的讴歌，也有对不良表现的批评与鞭挞，但基调是温和的、商榷的。《虚实之间》为作者虚构想象力的拓展，几篇散文有一定的情节构思，主调仍然是追求人性与环境的美好与和谐。

但正如我前面所陈述，一般来说，理性反思之后必有思想升华阶段。这在郑生发的作品中依然是可盼的未来高峰，我们真诚期待着。

是为序。

渴望一种安定的生活

——《嬗变与安定》自序

　　一个人的生活观从无到有，从捉摸不定到最终定型，有一个萌生、发展、变化到成型的过程。如同世界上没有两片相同的树叶，由于个体出生环境、聪颖程度、所受教育、生活经历和人生际遇等不尽相同，因此每个成年人都有自己的生活观。我的成长过程与改革开放几乎同步，由于长期生活在社会底层，亲历并见证了时代的嬗变，所以渴望一种安定的生活，很早就成为我的生活观。

　　我出生并成长于农村。小时候，家里一共有八口人，缠着小脚的奶奶和我们五兄妹，全靠父母务农养活，家境十分贫寒。读小学时，因为想被减免一半学杂费，结果我不知道被班主任在放学后留下催收了多少回；住的是土砖瓦房，堂厅右侧墙壁裂有大缝，下大雨时屋外大落屋内小落；夜晚靠点煤油灯照明，因而特别羡慕"楼上楼下，电灯电话"的人间天堂；小学老师经常把"现在念书发狠与不发狠，往后就是穿皮鞋戴手表与泥腿子的区别"挂在嘴边，勉励农村学生用功读书摆脱穷苦命运。

　　那时，农村最苦最累的活，莫过于搞"双抢"，无论是烈日当空，还是暴风雨突然来袭，"双抢"逼得人连吃饭都要抓紧时间。太阳晒得人浑身火辣辣地疼，父亲带着家人在水田里劳作，曾大声爆过粗口："狗日的庄稼！也只有做农民的该死！"他如此就地取材，是在教导子女要发奋读书。我后背有一颗大"痣"，其实它并不是天生的痣，而是由一个来源于"双抢"的血痂长成。有一天，在水田里忙于犁田的父亲让人捎话，让我尽快送一件农具给他，可那人把话捎错了，结果我送过去的农具，并不是父亲急着要的。脾气暴躁的父亲顿时怒不可遏，抢起手中用于驱赶耕牛的牛鞭，朝着我就抽了一鞭，牛鞭上的一个绳结抽打在我后背，留下一个看不见摸不着的血痂，当时内部的淤血没有被及时清除，慢慢地就长成现在的痣状。不经他人苦，莫劝他人善。一位靠读书升学跳出农门的大咖说过："只要吃过农村搞'双抢'的苦，什么苦就都不叫苦。"那时，争取早日跳出农门，既是农村父母对儿女的期盼，也是无数农村孩子的生活观。

在大学读书时，住的是八人间寝室，白天还算安静，晚上不到十二点都很难安分。我睡在上铺，晚上一上床，就扎紧蚊帐，躲进帐里成一统，或看书或写文章，虽然没有取得可观成绩，但养成了乱中取静的好习惯。1993 年，我大学毕业被分配进县酒厂工作，捧上了正式工的"铁饭碗"，当时国营企业与行政机关事业单位还没有差别。我被安排与一个比我早几年分配进厂的中专生共住一间宿舍，两张单人木床背靠背居中为界，彼此临前后窗户饮食起居，我曾自嘲住在房间的"北极"。然而，如此不堪的生活状态，还让一个前来寻访我的文友羡慕不已，边跑推销边写诗的他说，如果他像我一样有正式工作，就可以静下心来阅读写作。他所说的与我当时的生活观差不多，很想独自拥有一间宿舍，过一种安静自在的生活。

树欲静而风不止，随着改革开放的不断深入，国营企业与行政机关事业单位的差别开始拉大，国企改革"抓大放小""砸三铁"，银行开始收紧对企业的放贷，中小企业的生存危机显现。1995年初，在以前下海的行政机关事业单位人员纷纷上岸之际，我却停薪留职远赴海南。历时两年的下海以呛水而告终，我亲身体验到了在外打拼的不易，也清楚地认识到自身的不足，在椰风海韵醉游人的现代城市，我觉得自己土得掉渣，难以融入其中，跟不上新潮节奏，我开始渴望一种安定的生活。

1997年，我停薪留职期满又回县酒厂上班，当年参加了安庆市首届国家公务员招考，受大学所学的食品发酵工程专业限制，只能报考"三不限"职位安庆市体改委，通过了笔试，面试被刷。同年，刮起了企业职工集资进行股份制改革旋风，我当选改制新成立的股份制公司副董事长。没过两年，一股风似的企业股份制改革倒头重来，又恢复了县酒厂，我被县经委任命为厂长，在此期间完成了个人婚姻大事。1999年，全省首次公开招警，我是一百步走完九十九步，在报批入警的关键环节出了问题而未获批。我只得返回县酒厂工作，原本想过安定的生活，孰料身陷改革漩涡，见识了人性的险恶，平生唯一的正式单位竟成了伤心地，让我遭遇了人生的滑铁卢。

2000年，儿子出生，县酒厂濒临倒闭，再也无法立足，为家庭生活所迫，也为等待考公机会，我到派出所当了辅警。2002年省考，我报考本县乡镇职位，招二笔试排二，拉开后两名较大分差，但面试不太理想。受专业和年龄所限，我只参加过三次公考，每次都笔试入围，但一次都未获成功。2004年，我被当年招警政审负责人以有写作特长推荐到县交警大队，主要从事文字、摄影等交通安全宣教工作。

　　在县酒厂破产后，我被廉价置换成工人身份，成了啥也不是的社会边缘人。幸好还干着辅警，粗茶淡饭勉强度日，有时回想起来连自己都感到惊讶，竟然在县城安定地生活了二十余年。我至今还念念不忘考警失败后父亲赶到县酒厂安慰我说的话——"大不了回家种田，哪还怕搞不到一碗饭吃啊！"虽然我认同父辈的眼界与格局会影响子女的人生高度，但我从来都没觉得父亲当时的观念落伍。此一时彼一时，时代嬗变令人吃惊。

　　往日憾事，欲说还休，五十知天命，只叹时也命也。得之，我幸；不得，我命。目前，妻子已经退休，我离退休还有几年，儿子的工作比较稳定，对我来说，最艰难的岁月已经过去，安定的生活逐步实现。

　　我本善良，不愿趋炎附势，从不仗势欺人，经常教育儿子要正确认识自己，要求他永远记住"你的爷爷是农民，你的爸爸是下岗工人"。我回老家，喜欢听越来越少的父辈像从前一样直呼我的小名。每天清晨去菜市场买菜，我都会趁城管没来之前与在街头售卖自家菜的农民聊上几句，从大爷大娘身上仿佛看到去世父母的影子。我很关心国际国内大事，可总在与人谈论时遭冷遇，很多人是事不关己高高挂起，只关心与切身利益相关的事情，压根就忘记了自己是社会一分子。

　　我本不才，写不出名动文坛之作，也不会像有人对我说过的那样将原因归咎于写新闻。一边是爱好，一边是饭碗，我必须分清孰轻孰重。不过，我一直没有停下笔，书写的也只是时代嬗变的只鳞片爪，力求"真实朴实厚实"（本土作家甄文对拙作《龙池寻梦》的褒奖语）。"你可以说我穷酸，但你不可以说我菜"，我一直昂首挺胸，直面人生百态，写作是不竭的内生动力。

　　我在第一本书《洪水中的麦子》自序中写过，拥有一本属于自己的书是此生最大梦想，一晃八年又过去了，这期间我又写了一些作品，在报刊或平台上发表，有几篇还获得省级征文奖。毕业于大学中文系的大哥一直对我很关心，几次三番鼓励我加以整理再出一本书。我不胜惶恐，又害怕辜负"芝兰玉树生于庭阶间，松柏榆樟早有栋梁气"（语出大哥某年春节在家自撰的大门春联）的期待与豪迈，虽然今年工作格外繁忙，但仍将六十余篇文章整理完毕，将要付梓心仍惴惴。

　　前几日，偶遇一位拄杖而行的老前辈，他退休前在交警大队负责宣教工作，我当年进交警大队工作，就是因为他退休导致缺少得力人手。在寒暄时，他突然说正在读我写的《洪水中的麦子》，当面对我写身边人身边事给予好评。我听后受宠若惊，老先生八十多岁了，竟然还在读我写的书，还有什么比这更鼓舞人心？

　　当前，"宇宙的尽头是编制"，全民考公热高烧不退，竞相追逐体制内的稳定。愚以为，稳定并不完全等同于安定，有人不一定能在稳定中安定下来，百年未有之大变局，时代嬗变与以往相比，只会有过之而无不及，一个人要正确处理好嬗变与安定的关系，安定只适合于以不变应万变，对生活清心寡欲的平常人。

　　是为序。

嬗变与安定

第三辑　芸芸众生

目录

Contents

嬗变与安定

第一辑

乡土亲情

布鞋与母亲

由于我家与岳母家相距 300 多公里，儿子半岁多时才第一次去上门。几个月后妻子带儿回来，岳母、儿子的舅和姨给的东西，足足装满了两个大包和一只皮箱，让去接的我在途中转车时吃了不少苦头。

一回到家里，妻子就迫不及待地将娘家人给的东西拿出来，当成宝贝似的一样样介绍是谁给的；最后打开的是皮箱，里面装着近十双手工布鞋，都是为儿子做的，大小不一，四季有别，样式各异，足以供儿子穿到上小学。妻子非常动情地说，这些布鞋都是儿子外婆戴着老花镜一针一线亲手做的。

从此，这些布鞋便成了我家的无价之宝，成为妻子比较岳母与母亲的有力佐证。尽管母亲在我结婚生子等方面给予了很大支持，但是妻子还是没有从母亲身上找出亮点，认为母亲是一个只知道在田地里干粗活的农民。为此，妻子还振振有辞地说过，儿子现在两岁多了，也没见过他奶奶做的一双布鞋。当我以母亲给予的支持来反驳时，妻子却不容置喙地说，钱是钱，布鞋是布鞋，即使再多的钱，也比不上一双亲手做的布鞋。按照妻子的意思，只有做布鞋才是细活，既然母亲从未亲手给儿子做过一双布鞋，就足以证明她是一个不会做细活的粗人。母亲是粗人？我听后只得无言地摇头，也只好把妻子产生的错误认识，归因于她对我小时候的农村家庭生活缺乏了解，以及她从小就生活在城镇非农业户口家庭。

我出生于贫苦的农村家庭，父母都是老实巴交的农民。只要是在 20 世纪六七十年代以前出生的农村人，就应该记得当年父母抚育众多儿女的艰辛。我有兄妹五人，彼此年龄间隔不大，因此一在读书就都在读书，一在吃闲饭就都在吃闲饭，没有一个人能帮得上父母的大忙，只能帮着做些力所能及的家务，以便父母能一心一意地干活。

我记得小时候，父母有永远干不完的活，一年的大部分时间都要到生产队挣工分，不用出工的农闲时间，父亲就在家里揉搓用于纺线的棉绒条，母亲则昼夜忙着纺线，等到纱线纺足了，便上织布机穿梭引线织布，织的是含棉量百分之百、乡下人俗称的"白老布"。当时，原色或经染色的白老布是做衣服的布料，农村每家每年都要用，不仅行销各地，而且能卖上好价钱。那时，我家所在的村庄有 20 多户人家，会织布的连母亲在内仅有 3 人，而做布鞋几乎每家主妇都会。

为什么现在连农村都几乎没有人做布鞋？买鞋穿经济方便是其中原因之一，而做布鞋费力费工才是最重要的原因，种黄麻、刮麻丝、搓麻索、剪鞋样、糊布壳、纳鞋底、上鞋面等做布鞋的工序十分烦琐，七零八碎几近横跨一年四季。当时，农村人做布鞋大多给自家人穿，少量用于送给亲戚朋友，极少见用于买卖，不像现在物以稀为贵。而且，做布鞋还是考量农村女人手工的一种标杆，那时新娘的嫁妆里必须要有她亲手给新郎做的布鞋，否则她会被婆家人说没有本事。

我也是后来才理解母亲，无比钦佩她在贫困岁月中表现出来的精明，她将大部分农闲时间都用于织布，花在做鞋上的时间少得不能再少，就是因为白老布能卖出好价钱，可以靠它养家糊口，而布鞋能勉强满足家人穿就行。母亲不仅会做布鞋，而且还有一颗极其细致的心。那时每逢过年，母亲虽不能保证每个人都有新衣服穿，但能保证为每个人做一双布鞋。母亲从未让任何人因过年没新鞋穿而受委屈，不止一年，为赶着做成一双布鞋，大年夜她还在通宵达旦地忙碌。

家家户户做布鞋的年代已经走远，母亲当年的做鞋工具也已遗失殆尽。她年事已高，头昏眼花，如果再让她戴上老花镜，重拾起针头线脑，有些不太符合她的特性，恐怕还会滑稽得笑煞他人。

从黄墩到余井拜年

　　"一代亲，二代表，三代了"，说的是亲戚间走动的大致规律。一年之中，亲戚走动，要么是逢年过节，要么是婚丧嫁娶，而最具标志性的，莫过于拜年。

　　在父母当家问事时，舅和姨是我家最亲的亲戚。母亲有三个妹一个弟，除了三姨在余井，其他人都在黄墩。余井是潜山县（现已为潜山市）毗连县城的一个乡镇，黄墩是怀宁县中部的一个乡镇，虽然潜怀是隔壁邻县，但余井与黄墩并不接壤，两地之间抄近路有 20 多里路程。

　　从黄墩到余井拜年，小时候，我为此纠缠了父母好几年。在那几年的正月，我总觉得已经长得够大，完全可以像哥哥一样作为家里的代表，与舅和姨家的孩子一道到余井拜年。在未能成行之前，它是让我无比艳羡的事情。长大后，我才理解父母的初衷，他们一是怕我小，走不动那么远的路；二是怕给三姨添负担，因为初次上门，三姨是要给红包的，可三姨父的身体不好，家庭条件很差。

　　如此闹腾了好几年，在进初中的那年正月，我终于如愿以偿。在来黄墩拜年的三姨家孩子回家的前一天，外婆便挨个问派谁到余井拜年。按照惯例，我、二姨和四姨家各派一人，而舅家不受限制。尽管父母一开始又不准备让我去，但外婆看我又是泪眼婆娑的，于是就帮我说了一句顶一万句的话：反正迟早都是要去的，今年就让黑皮（我的外号）去吧。

　　去余井的那天早晨，二姨、四姨家的孩子和我均被送到舅家集中，在那里吃过早饭再动身。吃早饭时，大人们不停叮嘱：不要光顾着欢喜，要吃得饱饱的，喝得足足的，路上可没得吃的喝；在余井要放得乖乖的，不要像在家里那样横吃直赖的。不过，他们的话全被当成了耳边风，草草地划上几口饭就觉得饱了，茶水刚挨到嘴唇就说烫，也并不是因为常说的"年饱"，而是我们的心早已飞向了余井。

那天是正月初五，晴天耀暖，是个拜年的好日子，只是我们稍晚了些，田地里已有干农活的农民。尽管沿途也会偶遇拜年的，但他们三三两两，顶多也不过四五个，无法与我们一行9人相比。9人之中，三姨家姐弟仨，老大的外号叫呆子，年龄最大且是唯一的女孩，老二的外号叫荒毛，老小的外号叫卵子；舅家兄弟仨，老大的外号叫花生，老二的外号叫汽灯，老小的外号与我相同；二姨家表弟的外号叫干伢；四姨家表弟的外号叫帮船。我们年龄相差上下不过4岁，外号稀奇古怪。

呆子、荒毛和卵子携带着装满回萝的拜年果子的萝和包在前面走，其他人或背着拜年的糖糕包或空手随后。穿过春意盎然的原野，途经年味犹存的村庄，如出樊笼的我们起初是一路嬉闹。可走着走着，就到了走不动的时候，初次去余井的便会一路不时地问还有多远，而得到的回答总是快了。再到后来，就只能走一程歇一阵，唇干舌燥不说，竟还感到肚子有些饿，回萝的拜年果子也因此被吃掉不少。途中，年长几岁的呆子懂事得多，有谁不愿拿包，她接过去，舅家的黑皮赖在地上不肯走，她就背起走上一程。

那天下午一点多，我们才到三姨家。三姨为几个初次上门的燃放了鞭炮，笑着向前来看热闹的邻居们挨个介绍娘家来的侄儿们。饥饿好下食，满桌的饭菜很快被我们一扫而光。疲惫好睡觉，晚上三姨家的房间和床不够用，荒毛和卵子只得出去借宿，我们黄墩六个老表挤在放于堂厅的两张床上，都是一觉睡到天亮，丝毫没受隔壁房间里三姨父成夜哮喘和絮叨的影响。

正月初六，因三姨再三挽留，我们没按家里的要求回家。白天我们被带去见识余井大河和余井大桥，晚上在三姨屋场看舞龙灯。正月初七，在我们动身回家时，三姨又燃放了鞭炮，给每个初次上门的两块钱红包，然后眼泪簌簌地送行了很长一段路。但作为孩子，当时我感受到的只有快乐。

时间过得真快，转眼已经30多年，我记不清其间还有多少次从黄墩到余井拜年，但去的方式经历了从最初的走，到骑自行车、骑摩托车、坐客车、开私家车。在读书读到贾平凹的《从棣花到西安》时，我不禁联想到从黄墩到余井，虽无可比性，但社会的变化真大。如今，黄墩这个曾经难以活人的黄泥巴墩已成为安徽蓝莓第一镇，昔日的鱼米之乡余井已是潜山市的文化名镇。

但最令人刻骨铭心的，还是外婆、呆子、三姨父和母亲的先后离世。我清楚记得，外婆去世时，走着回来奔丧的三姨痛哭流涕：娘，为了活人，你怎么就舍得把我一个人嫁那么远！呆子到了婚嫁年龄，拜年时亲戚们不止一次说要为她在黄墩寻个婆家，但三姨坚决不同意：我就只有一个女儿，说什么也不会把她嫁远；可嫁的近并没有带来想要的幸福，呆子在女儿两岁时因夫妻争吵喝农药自尽。三姨父去世引起的矛盾，竟然让荒毛自断了与黄墩所有亲戚走动的路。母亲去世时，前来吊唁的三姨在临别前对我兄妹说，你们要把老头子服侍好，现在他一个人可怜。

　　其实，亲戚走动，拜年只是形式，维系亲情才是内容。从黄墩到余井拜年，作为二代，当年少不更事的我们都已人到中年，而呆子的女儿做妈妈都已有好几年了。我相信，只要父亲健在，只要长得越来越像母亲的三姨还健在，这条给我留下深长人生感悟的亲情线路就不会被时光无情地掐断。

从前的饭香

饭到底香不香？这个简单的问题，如果让每天吃饭的人回答，答案恐怕就有些词不达意——饭香，现在饭还香吗？现在可是一个连吃鱼吃肉都已经不香的年代！够了，能这样回答的人，已暴露出一个信息——从前，饭是香的。

那么，从前又是一个什么样的时间概念？我只能从自己的年龄和生活实践来回答，最迟也在距今40多年前，在我上小学的时候，一个缺衣少穿、菜里连油星都难见到的年代，肚子从来没有正儿八经饱过。那时在农村，如果谁家的烟囱在中午升起了第一缕炊烟，就是给在一起玩耍的孩子们发出了无声的信号，根本不用大人喊吃饭，很快就会分手回家等饭吃。坐在灶下烧火做饭的母亲，看着孩子们围在锅边等饭吃，而菜肴的内容几乎无关紧要，只要家里没有来客人，整个屋场都是大同小异的时蔬，唯一希冀的就是锅里煮着干饭。

没有干透的柴火燃烧生成的浓烟，将灶下烧火的母亲熏呛得不停咳嗽，孩子们一声不吭地紧盯锅盖，看着白色诱人的水蒸气，钻过木制锅盖的缝隙，咻咻地直往外冒，一会儿厨房里开始弥漫好闻的饭香味。这时，灶下的母亲会探出头来招呼："大孬子，你闻闻饭可香了。"孩子们中的老大就会用鼻子贴近锅盖来一个深呼吸，其余的孩子也会跟着做同样的动作，然后几乎异口同声地说："妈，饭香了！"如果恰好有外人来家里串门，他的第一句话也就会说："哎呀，你家的饭香了，真是来早了不如来巧了。"饭香了，再烧就煳了，锅底黄灿灿的锅巴就会变成黑焦炭。

别问我为什么只说中午饭，是因为那时的早饭和晚饭大多是凑合着对付，两头稀中间干是绝大多数农村家庭的标配。晚饭能吃上炒剩饭的人家，在一个屋场屈指可数，而且数量不多的炒剩饭必须由大人亲手分配。为了节省点灯照明的煤油，家家户户在天未黑就吃晚饭，吃完饭经过简单洗漱就上床睡觉。

不过，我家在屋场是一个例外。新中国成立前，为了居家谨慎，农村偏爱聚居，民房大都围绕祖堂而盖，巷道相通，屋檐相连。祖父单传，家业寒薄，祖堂旁只有半间宅基地，只得在马路边孤零零地盖了几间草房。即使在距今40多年前的农村，农户愿意将房子盖在马路边，或者将大门朝马路开的，还非常少见。而我家从祖父持家时起，历经三代均将房子盖在马路边，并且大门朝马路开，不能不佩服很早就具备敢为人先的勇气。

在我小时，商店和旅社在农村很少见。由于我家住在马路边，所以隔三岔五就会有一些做小生意的人晚上到我家搭歇，其中走村串户摇拨浪鼓挑小货担的货郎居多。他们随身带有米和被子，在我家堂厅的地面垫上稻草打地铺睡觉，晚饭让我家代煮，再贴点腌菜辣椒酱，按双方提前议好的价钱，每人收取几毛钱的搭歇费。他们回来得晚，吃得迟，往往他们吃饭时，我早已上床睡觉，被他们弄出的响动吵醒后，就难以睡着，透过堂厅右侧墙壁的裂缝向堂厅内窥视，发现他们在昏黄的煤油灯光下津津有味地吃着喷香的米饭，甚至还能听见他们咀嚼腌萝卜干发出的嘎嘣声。他们都非常精明，称给我家煮饭的米恰到好处，最后连锅巴汤都被呼噜噜地吃下。其实也难怪，他们做的都是针头线脑的小生意，从家里带出来的米很少，晚饭能吃上干饭，是因为他们卯吃寅粮，中饭在好讲话的人家能讨到吃的就吃，讨不到就不吃，回来后晚饭和中饭合作一顿吃。然而，他们的晚饭对很少吃饱过的我充满诱惑，眼巴巴地等到最后，连锅巴汤都捞不到吃，只能将涌起的口水使劲地往肚子里吞。吃完晚饭后，他们还会在灯光下盘存货款，将一分、二分、五分的硬币归类，熟练地用纸将其卷成圆柱状，藏在睡觉的枕头边。我对钱毫无兴趣，没过多久又不知不觉地睡着了。

归根结底，吃不饱肚子，才是从前饭香的主要诱因，没有得到满足的欲望，让人一直耿耿于怀。如今，吃饱肚子早已不是问题，随着社会经济多元化发展，光怪陆离的诱惑层出不穷，无法满足的欲望越来越多，在得不到满足的时候，我会按捺内心的浮躁，回想从前的饭香，努力自我克制，尽量能保持心如止水。

地 金 钩

　　我应该要感谢前不久读过的《金钩树》一文的作者，因为他让我知道了金钩是什么，两个字是如何写。说起来有些惭愧，在拜读此文之前，我一直以为金钩是家乡方言称谓，至于具体怎么写，还真的不会。不仅如此，他写的金钩树所结的金钩，还让我触类旁通地想起了小时候打过不少交道的地金钩。

　　其实，我从小就知道金钩树，同村一个至亲房大伯家的屋后就有一棵，上小学途中一户人家的门前也有一棵，它们都又高又粗且枝繁叶茂。在秋季叶落之前，成串条状的金钩很难被发现。不过，没被过早发现，也没有多大关系，金钩只有在饱经冬霜之后，从树上自动脱落下来才好吃，吃起来才不像从树上摘下来的那样涩嘴。虽然小时候伙伴们都很嘴馋，但从未见过有人上树摘金钩吃。

　　金钩是金钩树上结的，而地金钩却是地里长的，二者的唯一相似之处，是地金钩生长在地下的根形似金钩。想吃地金钩，必须趁早，如果错过了时令，根就老了，吃起来就味同嚼蜡。初春时节，野草刚开始返青之时，便是挖地金钩吃的最佳时机。

　　只要我回忆起小时候挖地金钩，就不能不提到独山。独山是养育我长大的村庄的祖坟山，近百座坟茔的顶部平铺相连，上面密布生长着一种俗称"绊草根"的野草。此草相互牵连，厚实耐糟蹋，对坟茔起着很好的保护作用。在我少不更事时，与其说独山是祖坟山，还不如说是一处宽大且难得的公共用场。上腊坟，做清明，打野仗，捡地皮菇，挖地金钩，看牛放猪，看鸡养鸭，晒稻晒草，夏夜纳凉，印制土砖，晾晒浆洗，缝定被子等等不胜枚举，都可以在那里进行。

　　在我的记忆中，小时候挖地金钩几乎都在独山。那时的每年早春，当小伙伴们纷纷将家里藏得严实的果子坛里的过年果子搬空之后，便不约而同地想到了独山，想到了独山上的地金钩，地金钩在当时被我们当成了一种很不错的零食。小伙伴们纷纷从家里偷拿出栽菜用的小挖锄，呼三吆四地来到独山，低头弯腰在独山顶部绊草根的草窠里翻寻。此时，绊草根的根部才返青，叶片还是枯黄颜色，有一些不知名的细小新芽从土里钻出，躲在灰黑色的草窠中。草窠中的地金钩挺好辨认，稀疏的细枝绿叶，比那些新芽稍大一点，略微高出于土面，但又没高过绊草根。一旦有小伙伴发现后，就会惊喜地大叫一声，紧接着便用右手抡起小挖锄开挖。挖地金钩一定要小心，唯有如此，才能将长于地下的根全部挖起来，它才是要吃的部分。地金钩的根表皮呈黑灰或浅红色，用手指剥去其表皮，便会露出雪白清香的根肉，将其咬入口中咀嚼，又嫩又脆，味道甘甜，出自天然，绿色环保。

独山上的地金钩真多，小伙伴们都有收获。可是，一旦挖的多了，就会将先人安息的坟茔挖得大窟窿小窟眼，时常还会有人弄丢被母亲当作宝贝似的小挖锄。因此，我们每次去独山挖地金钩，都会有人挨家长的骂，有时是直接撵到独山骂，有时是知道后回家就骂。骂我们也是鬼要吃，恐吓地说把坟山破坏了，总有一天会被鬼捉去。可那时，小伙伴们压根儿就没有害怕过，也从来不曾认为会亵渎神灵，因为在幼稚的心里，独山不是阴森可怖的祖坟山，而是嬉戏玩乐的游乐场。

我们可以一边在独山挖吃地金钩，一边还哼唱着一句村里人皆尽知的俚语——"独山头上一条黑板凳，哪个抢到哪个睏。"黑板凳是什么？那可是棺材的代名词啊！现在想起来，我们那时候是多么亲近自然，多么勇敢快乐，也许是因为生命才刚起步，还很少有机会接触到死亡，所以对生命和死亡还没有深刻的理解，误打误闯地印证了那句话——无知者无畏。

(2024 年 4 月 11 日发表于《今日怀宁》)

陡塝坡的池塘

在淮河岸边珠城读书生活的三年时间里，我曾经不止一次到过城市的郊区农村，在惊喜看见一望无际的麦海稻浪时，总是无法忍受村庄卫生环境的不堪，于是就不觉想起长江北岸的丘陵地带生育我的村庄——陡塝坡，以及让它保持清新明丽的众多大小池塘。

我记事时，陡塝坡共有大小池塘十一口，最初的使用功能基本是为了洗涤和灌溉。每口池塘都有自己的名字，都有自身的特点，也都有历史故事。在我的记忆里，横塘是吃水塘，独塥是洗衣塘，门口塘和洼子塘是用来荡洗便桶和供牲畜饮水，与两个相邻村庄共享的是朱塘，还有小新塘、荒塘、大新塘、小高塘、浣山细塘和教子塘。每口池塘的名字又被用作田地的标识，譬如面积同为二斗的田肯定不止一二块，将池塘的名字用作前缀，就可以很容易地将它们区分开来，如横塘垄二斗、横塘背二斗、朱塘垄二斗、荒塘塝二斗等等。

在所有的池塘当中，朱塘最大也最特殊，三个村庄享有水利，两个村庄享有渔利。因为朱塘从前并不是一口池塘，它的前身为陡塝坡的一口大池塘和邻村江屋的一口小池塘，大小两口池塘中间共用一条塘埂，在抗日战争时期，一架战机因空中缺油为减轻负荷，在此处丢下了几颗炸弹，将共用的塘埂炸毁，从此两口池塘合二为一。后来，两个村庄按原有池塘面积大小，议定了渔利三七开。人们都说朱塘是一口宝塘，特别旺放养家鱼。记得儿时捕过年鱼，每年都是从朱塘捕起的鱼最多，有一年还捕起一条三十多斤的胖头鱼，村里每户人家都分到一截。朱塘的宝贵，关键不在于鱼，而在于水，由于塘底有几个天然泉眼，所以朱塘的水不管怎么放，都不见少，即使大旱之年，也不会干涸。

横塘作为吃水塘，是因为塘里的水清冽甘甜，无论是用来泡茶，还是烧白开水，村里人都说好喝，笑话说是"红糖水"，在水井水、自来水出现之前，村里人喝的都是横塘水。在我小时，横塘还曾栽种过菱角，每到摘菱角季节，大人们划着打稻桶在塘中央摘菱角，小孩子们急不可耐地在塘埂上吆喝。正是因为水好，那时每到夏天，横塘就成了村里人洗澡的最佳去处。父母一直对子女私自下塘洗澡管得特别严，只要在塘边逮到我们，便用手指甲在我们光着的上身上轻轻一刮，凭着刮后皮肤显现出来的印痕，就能判定是否偷着洗澡了。有一年夏天的正午，我和几个小伙伴偷着在横塘洗澡，有人过来通风报信说我父亲来了，我们赶紧逃之夭夭，逃到了位置偏僻的浣山细塘。当时，我还没学会游泳，连简单的狗刨式都不会。我凭以往经验知道，浣山细塘水不深，满水时才淹到我的下巴，所以到达后我第一个跳入水中。没料到前一年这里被挖过塘泥，塘一下子变得很深，我双脚不能沉底，在水中扑腾了一阵，呛了好几口水，最后总算抓着塘边沿的绊草根上了岸。见我很快就从水里爬上来，仍在岸上的几个小伙伴不解地问怎么不洗了，他们根本就不知道我刚才溺水了。此次差点溺亡的经历，让我从此以后对去深水区游泳一直心存恐惧。

小新塘是唯一比我还要年轻的池塘，我见证了父辈们完全靠人工将其开挖而成。在肚子都吃不饱的年代，父辈们的干劲让人吃惊，他们用石碌子夯击塘埂时所哼的歌是那么高昂激越。他们觉得只要修成了小新塘，原为旱地的"大寨田"就能栽水稻，生产队水稻的收成就会增多，村里人就不会再饿肚子。在倡导人定胜天的年代，父辈们对贫困生活的希冀就这么简单。

然而，时代在变，村庄在变，池塘也在变。几十年之后，陡塝坡的池塘现状堪称惨不忍睹。农药化肥的大量使用，横塘水再也不能喝了，即使下塘洗澡，也已经不行了，洗后浑身瘙痒起疹子。尽管家家户户都打了水井，但村里老年人总是抱怨井水不好喝，说从前横塘水就像红糖水一样好喝。独塝已不复存在，塘中央都被人抢去栽上了树；小新塘被一户人家盖的楼房占去了一个拐角；朱塘里长满了苇草，塘泥能没人大腿。因为防不住偷鱼行为，所有的池塘都不再放养家鱼，池塘都像被淤泥塞满了宽阔的内心，被疯长的杂草蒙住了明亮的眼睛。

我总觉得，池塘对于一个村庄的意义很特殊，它展示着一个村庄的精神面貌，勤劳、团结、奋斗的村庄即使贫穷，也比懒惰、自私、富裕的村庄更富有朝气和活力。所以，我每次回到老家，都会被亲人们笑话，说我把陡塝坡的一屋两头塘边田畈都要跑遍。此言的确不虚，毕竟我在陡塝坡度过青少年时代，在我成家立业离开农村之后，陡塝坡已离我越来越远、越来越陌生，我只是想在越来越空心化的村庄找到一丝过去的影子，房屋、道路、水田、旱地等早已面目全非，唯有池塘还有一个大致的轮廓，只是里面再也看不到像从前那样丰盈清亮的水了。

儿子圆我警察梦

　　儿子今年高考被录取到安徽公安职业学院。按照该院当前招生政策，三年学习期满后，通过参加全国公安联考，百分之九十的毕业生将被分配到公安机关工作，成为正式人民警察。为此，许多亲朋好友和单位同事都向我表示祝贺，他们说得最多的一句话就是："你这个当老子的警察梦终于让儿子给圆了。"

　　虽然每次听到这句话，我表面上都是喜笑颜开，但是内心却五味杂陈：都快奔五的人了，年轻时的警察梦早已渐行渐远了，他们如此说，是因为我至今仍在公安机关当辅警，还是因为那次令我抱憾终身的招警考试？

　　我的警察梦耳濡目染于当警察的大哥。1985 年，从省城重点大学中文系毕业的大哥被分配进公安机关工作。多年以后，大哥才谈起当年选择当警察的动机：大学毕业分配时，作为优秀学生干部，有公安、检察两个机关供他选择；而最终选择公安机关，竟是因为他参加高考时一个挎着系有红绸缎手枪在考场外执勤的高个子警察给他留下了非常深刻的英武印象。

　　1999 年 5 月，在国营县酒厂担任法人代表的我报名参加了安徽省首次招考人民警察的国家公务员考试，报考的是本县公安局普警职位。我相继通过了笔试和体能测试，并且综合成绩非常靠前，可最终却因为体检时身高矮了两厘米而被淘汰。

　　2000 年 7 月，儿子出生以后，我到一个农村派出所当了一名辅警。2004年，因为有写作特长，又被聘到县公安局交警大队从事宣教工作至今。或许是因为这段经历，于是就有不少人问我是不是有警察情结。其实，这也难怪他们，毕竟我是从哪里跌倒又从哪里站起来的，而且一直坚持站了这么久，一直站到儿子长大成人。在此期间，我亲眼见证了招警考试不断改革，国家公务员招考、政法干警招考、公安院校毕业联考，不仅招考途径和频次有所增加，而且在几年前对报考者的身高要求也变更为纵跳摸高，这让当年在此栽了一个大跟头的我不由感叹造化弄人，要知道一直喜爱运动的我可是弹跳极佳啊！

儿子今年高考成绩超出二本线十几分，在填志愿时，他跟我说想填提前批次的公安院校。我不仅表示支持，而且还起早摸黑陪他训练体能。通过体测面试的那天，儿子得意扬扬地告诉我，在回答"假如成为一名人民警察，你将如何去做"的面试提问时，他用习总书记"对党忠诚，服务人民，执法公正，纪律严明"的"四句话、十六字"要求，并从国家、社会、个人三个层面作答，结果连考官都被震住。我也很诧异，就问他是怎么知道这四句话的。儿子说，爸你总是说我读书看报一目十行，那四句话我在你办公室的《人民公安报》上看过一次就记住了。

功夫不负有心人，儿子最终以压线的成绩考上了他心仪的刑事侦查专业。可在接到录取通知书后，乐呵了没几天的他就有些不甘地对我说，同班除了他以外，其他同学都走了本科，有几个高考分数没达二本线的同学都通过征集志愿走了本科，而自己本科分数走大专，是不是像班上同学说的那样有些亏？

"走自己的路，让别人去说吧"，我引用这句名言作为对儿子的回答。如今，儿子入校军训将近两个月了，从他不时传回来的信息来看，还是挺乐呵的。我在感到释然的同时，也衷心希望儿子遵从内心的意愿，通过勤学苦练，最终圆梦成为一名合格的人民警察。

（2018 年 11 月 5 日发表于《今日怀宁》）

父亲的私房钱

　　父亲进入晚年后，每次我从县城回农村老家，他总是老调重弹，用"天晴要防着下雨""谁有不如自己有"来教导我。尽管他总是把"响锣不用重敲"挂在嘴边，但在教导子女时，还是反复地套用几句经典，我五兄妹从小听到大，耳朵都快听出了老茧。以前，我总认为，父亲仅念过一个多月私塾，因此只能套用前人的理论经典，可当他无意间暴露了存有的私房钱时，我才知道他还将理论进行了实践。

　　当年我家分家时，虽然弟兄有四个，但是田地被分作二股，房屋被分作三股。大哥大学毕业留在省城工作安家，没要田地和房屋；二哥和三哥在农村成家，田地被对半分给他俩，并各分一股房屋；我还在上大学，农村户口转成城镇非农业户口，田地已经没有我的份，父母念我还未成家，合在一起分一股房屋。没过几年，我家拆掉原来房屋，在原址整体施工，盖起一栋二层楼房，三家连为一体，二哥家在右，三哥家在左，我家居于中间，正好将两家分隔开来。楼房盖起时，我已大学毕业，分配在县酒厂工作，结婚生子居住在厂职工宿舍，每年只在回家过年时，在我家楼房里住上几天，平时都是分家时选择单过的父母在住。我家当年如此分家的好处，在日后得到了充分体现，父母养老归终都在我家楼房里，免去了不愿去养老院而不得不在儿女家轮流养老的辗转之苦，令很多农村老人羡慕不已。

　　父母最疼末端儿，在我结婚生子等方面，父母给予了莫大支持。我充分理解父亲的老调重弹，主要原因还是对我放心不下，我和妻子都是工人，三口之家收入低，结婚生子晚底子薄，将来要花钱的地方很多，害怕我把钱不当钱用，而他已经老了，帮不上我大忙。另一个原因是他平生习惯了如此教导，如果再执意去教导我的兄妹，是既不方便，又不一定受欢迎，哪像我每次都是主动送到他面前。

　　母亲患病去世后，我还是和以前一样，每逢双休日都会抽出一天，带儿子回老家看看，聆听父亲的教导，为他做一顿午饭。有一次，我刚回到家里，父亲就神经兮兮地告诉我，他放在二楼柜子里的几张银行卡被人偷走了。我经过仔细查看，觉得不像是被偷，赶紧要求父亲在外别乱说，怕在家人中间引起不必要误会。为了预防万一，我带父亲去办理了银行卡挂失手续，补办了新银行卡，父亲的私房钱因此曝光，数额近五万元，对农村老人而言，是一个不小的数字。父亲对我说自己年纪大了记性不好，所有银行卡今后就交由我保管。事实证明，我的判断完全正确，果然是父亲记错了，没过多久，他就告诉我，原来的银行卡被找到了。

　　其实，家里人都知道父亲存有私房钱，至于具体有多少，在被曝光前谁也不知道。父亲以抠出名，而且越到晚年越抠，分家后用钱都靠母亲，他是只进不出，令人忍俊不禁地践行着"天晴要防着下雨"。听二哥说过，20世纪80年代初，他在怀宁师范学校读书时，有一次乘车回家要钱，父亲仅给了两元钱，扣除来回乘车费用，等于只要到了几毛钱，此后就再也没有从学校回家要过钱。不过那时候，父亲不会存有私房钱，因为要养活一家八口人，每年不向亲友借钱就算很好了。

　　父亲存有私房钱，估计始于分家之后。为减轻子女负担，父母在分家时明确表示，只要他们还干得动，就不要我们赡养。的确，父母在分家后自给自足，极少向二哥、三哥和我要钱，只收大哥逢年过节回家给的钱，因为他们认为大哥的经济条件比我们仨要好。有一年，大哥因有紧要事不回家过年了，父亲在腊月底去了一次大哥家，父亲归来后，母亲问父亲有没有带回过年钱，父亲说没给，那年家里过年开销有点大，母亲被逼得实在没有办法，开口向在家过年的我要了八百元钱。次年正月，大哥回家探亲，母亲谈起此事，大哥说让父亲带回了一千元过年钱，想不到钱居然被父亲截留了。

　　仅靠这点钱，父亲根本存不了那么多私房钱。他的私房钱绝大部分来源于种棉花的收入，极小部分来源于他做临工、钓黄鳝、放地笼等收入。大约有五六年时间，农村种棉花很赚钱，年事已高的父母不甘人后，在田地里大种特种棉花，每年卖棉花都能收入五六千元。当时，父母种棉花的运营方式特别奇葩，买种子、化肥和农药的钱都是母亲出，而卖棉花的钱全部归父亲所有，母亲得不到一分钱不说，还要跟着夜以继日地干，此种情形竟然一直持续到母亲患病去世的那一年。母亲这种顾全大局、谦让包容、忍辱负重的可贵品质，我觉得很值得自己和家人学习。

父亲在八十岁那年中风瘫痪，出行只能依靠轮椅，由于家人都没有时间照顾，我们兄弟四个经过商量，准备将他送养老院。父亲知晓后，死活也不肯去养老院，将我们喊到跟前说："伢几个喂，家里有四个儿子，还要将最后一个男老人送养老院，就是我不说，别人都会骂的哟！"一番话说得让我们当场泪目。为了满足父亲的愿望，我们从附近农村请来一个全职男护工，吃喝住都在我家房子里，与任何人都不沾扰。这个护工做得很安心也很负责，一直做到父亲去世，前后有三年时间。

父亲生病期间，治疗药物由大哥提供，其他开销由兄弟四个均摊，出入账目公推由我来记。父亲虽然重病缠身，但对我还是关爱有加。有一次，他先问我给他治病请护工等费用是不是均摊的，随后又小声对我说："你最小，条件差些，那钱就留给你。"父亲所说的那钱，就是他的私房钱。我尽量顺着他的意思回答，没有如实说正在用的就是他的私房钱。其实，在父亲病倒后，我就将他有多少私房钱告诉了哥嫂们，并郑重地做出不会用其中一分钱的承诺。

父亲的丧事处理完毕后，我们兄弟四个在一起算总账。大哥的姿态很高，主动承担了父亲近三年的治疗药物费用，其余费用按兄弟四个均摊，由于有父亲的私房钱垫底，结果平均每人没有摊到一万元。亲兄弟明算账，家人们都心服口服，没有一个人提出异议。父亲的私房钱最终还是用在他自己身上，没有导致农村较为常见的兄弟阋墙，我想如果父亲泉下有知，一定会额首称道。

和儿子一起散步

受疫情影响，高校至今还未开学，我因此有了更多和读大二的儿子一起散步的机会。每天晚饭后，只要天气适宜，儿子就早早地换好运动鞋，邀我一起外出散步。儿子年方二十，而我年已半百，他还愿意像从前一样和我一起散步，让我觉得十分欣慰。

在疫情发生前，我和儿子每天晚饭后散步的路线固定，先从家走到县体育运动中心，再绕里面的足球场塑胶跑道转十几圈，有时儿子还会单独跑上几圈，然后沿原路走回家。儿子足足高出我半个头，和我这个小老头散步的日子一长，便成了同样绕圈人眼中的风景。于是，就有熟人这么打趣："兄弟俩一起散步啊。"或者羡慕地跟我私语："你儿子真乖，还和你一起散步。"我私下左顾右盼，发现像我和儿子这样搭伴散步的还真不多见。

儿子乖不乖，知子莫若父。其实，儿子的成长过程让我很不省心。儿子读高二以前，我家住在老县城，而我独自在离家有五十多公里的新县城打工，所以我能陪伴他的时间非常少，这导致了他在上小学时就开始出入网吧。上初中时，我将他转学到农村老家初中，周五接回家，周日送到校，可是即使在家仅待一天，我还在网吧里逮到他好几次。他中考考上的是全县最差的高中，读高一时，我数次从他那儿搜出手机。读高二时，我将他借读到新县城最好的省示范高中，一家三口在学校附近租房居住，并在高三那年买房安家新县城。不过在高二上学期期末，我发现他将我的一张银行卡绑在他的手机QQ上，玩游戏打掉三千多块钱。

儿子就这么一次又一次地辜负我的良苦用心，也因此没少挨我的打骂，但在他长得比我还高以后，我也意识到打骂已不是办法，就选择了更多的陪伴和交流。他晚自习回家加点学习，我可以在一旁默默看书陪到底。他难得放假在家，我会在晚饭后拉他一起外出散步。其目的有二：一是为了锻炼身体，我因伏案日久而有些大腹便便，儿子从小不爱运动，身体已有横向发展之势；二是为了彼此交流，弥补从前缺失的亲子关系。我们边走边谈，儿子学文善谈，我既当听众，又当点评老师。儿子说，班上女多男少，每次考试布置考场，很多男生溜之大吉，自己主动留下来，与女生一起搬位子。我说这很好，做人要有责任担当。儿子的学习底子很薄，面对学霸型同学，他毫不气馁。每次月考，为数不多的借读生都被安排在同一个考场，儿子戏称其为"VIP考场"。每次考前，儿子都要对我说这次要考得如何，等到糟糕的成绩出来后，他总是对我说这次失误看下次。我肯定了他的自信，同时也告诫他高考可没有下次。也正是在散步过程中，我和儿子共同确立了他的高考小目标，并为之进行了不懈努力。高考成绩揭晓，儿子超出二本线十多分，成功完成了一个学渣的逆袭，最终被安徽省公安职业学院录取，顺利实现了既定的小目标。可千万别小看了这所公安院校，旨在培养职业警察的招生政策，让它近几年录取的很多学生高考成绩都在一本以上。

无论是当初报考公安院校，还是毕业参加公安联考，体能测试都是决定取舍的重要一环。儿子能通过入校体能测试，与我拉他一起散步锻炼早做准备有很大关系。不过，自进入大学后，儿子已自觉实现了从我要他练到他自己要练的转变。如今，晚饭后一起散步，已成为我和儿子的生活习惯，即使在疫情严重时，在小区封闭非必要不得外出期间，我和儿子也坚持在小区逼仄的院内转圈，控制体重，放松心情。因为我们坚信，坚持就是胜利，春暖花开的生活不久就会到来。

（2020年5月14日发表于《今日怀宁》）

家住马路边

家住马路边的好处，我家是领略久矣。从祖父到父亲，再到我们，我家每次盖的房子都在马路边。房子是一次比一次盖得好，马路似乎不甘示弱，也是越铺越宽阔、越来越高级。

我家距离大名鼎鼎的独秀山不远，沿山脚下的马路西行一里多地即至。独秀山位于怀宁县中部，"西望如卓笔，北望如覆釜，为县众山之祖，无所依附，故称独秀"，中国共产党早期主要领导人陈独秀因山而得名，独秀山也因陈独秀而名扬。

新中国成立以前，马路名副其实，只是安庆通往怀宁、潜山的车马道。对于农村居民来说，兵荒马乱年代，马路无异于是非之道，居家避之唯恐不及，也只有跑江湖的祖父敢于将家面朝马路而建。而当时所谓的家，也就是几间茅草屋而已，不过祖父还是利用它开起了茶馆，日出而作，日落而息，农桑茶水，两不耽误。寻常百姓，贩夫走卒，进门煮茶，人走茶凉。祖父就这样带领全家处乱不惊，举重若轻，阅尽世间百态，见证时代更迭。

20世纪60年代，父母开始当家理事，马路被拓宽成了砂石公路。在亲戚朋友的大力相助下，父母举债在马路边盖起了土砖瓦房，我五兄妹均在其间出生成长。住在这条砂石公路边，我留下了许多童年的记忆：路面总是凹凸不平，绕过独秀山的"蛇脊岭"又陡又长，晴天汽车经过时尘土飞扬；壮年的父母在生产队歇工后，经常连夜用板车将收来的麦草稻草拉到安庆造纸厂去卖，大清早就会为我们带回几块香喷喷撒满芝麻的"鞋底板子"（也叫"侉饼"）；我家经常被卖缸罐茶壶的小贩和摇拨浪鼓的货郎当作夜宿地，他们在我家堂厅地上打地铺，一般都随身带有大米，我家只是帮着煮晚饭，贴点辣椒酱和咸菜，收取事先商定的劳务费。

80年代初期，马路被铺上了沥青，公路开始升级为省道。由于路面被抬高了不少，我家的土砖瓦房显得又矮又破，于是我家在马路对面盖起了红砖瓦房。随着人员物资的大量流动，村民皆知家住马路边的好处，都想方设法地将房子建在马路边。90 年代末期，随着经济社会快速发展，乡村兴起了盖楼热，我家拆掉了红砖瓦房，在原址上建起了两层楼房。可是过了几年，马路又被抬高拓宽浇筑成水泥路面，等级也从省道升格为国道。几年前，马路又进行了"白加黑"升级改造，再一次铺上了高级沥青。马路越来越频繁的修建，让住在马路边的村民眼瞅着自家的房基一次又一次低于路面，不由得慨叹建房已赶不上马路升级改造的速度。

公路交通的方便迅捷，带来了经济快速腾飞。近年来，随着在独秀山下种植蓝莓获得成功，与之相关的加工和文化旅游产业不断发展壮大，我家所在的黄墩镇被命名为"安徽省蓝莓第一镇"，成为正在开发建设的独秀乡村振兴示范区的核心；独秀山也被开发建设成为独秀山风景区，吸引着四面八方的游客前来旅游观光。此时此刻，对于我来说，家住马路边的好处，不仅在于农村公交车站就在家门口带来的出行方便，而且还在于透过马路的变迁和人们对马路的态度，很直观地感受到了国家经济社会的发展节奏。马路宽广，驰骋千里不是梦；乡村振兴，日新月异不遥远。

（2021 年 12 月 2 日发表于《今日怀宁》）

开 秧 门

当春天的蛙鼓敲得乡村的池塘荡漾绿意，震得沤有犁翻过来的紫云英的水田泛起水釉，搅得农民们的内心犯痒痒的时候，离插早稻田的日子也就不远了。

趁着天气风和日丽，将覆盖在秧田块上育秧的农用薄膜揭掉，拢到一起挑到池塘里洗净，挂在竹篙上经阳光晒干后，再收进家里妥善保管起来，留待来一年春播育秧时再使用。一畦畦柔弱鹅黄的早稻秧苗，沐浴着催人慵懒犯困的春阳，吹拂着乍暖还寒的杨柳风，只争朝夕地生长。

农谚说得好："小孩子望过年，大人们望插田。"阳光普照，春风送暖，秧苗迅速由短变长，由鹅黄转向嫩绿。父亲的血液和筋骨也仿佛被阳光和春风灌进了什么，心情一天天活泛起来，走起路来风风火火，每天都要去看自家的秧苗好几趟，在笑逐颜开的同时，也在心里暗自祈祷：老天啊，千万别来个倒春寒。

在外表有些灰黑的稻草堆里，父亲用力抽出来一大把黄得发亮的长稻草，用粗糙的手指头像梳子一般从上往下梳理了几下，长稻草的残叶败絮被一扫而光，就变成了拔秧时用来捆扎秧苗的秧田草。左邻右舍都在嘀咕天气还没有真正转暖，揭掉薄膜后的秧苗还有些娇嫩，插田还要再等几天。可父亲性子有点急，亲自选准了一个大晴天，一大清早就带着家人来到秧田。望着一天一个模样的绿色秧苗，父亲有些克制不住内心的激动，朝一只手掌心"呸"地吐了一口唾沫，接着双掌合在一起搓了又搓，然后大声说："开秧门啦，孩子们快将带来的鞭炮放响。"

噼里啪啦炸响的鞭炮，炸开了蓄势待发的田野的沉静，惹得村里的大人和小孩纷纷跑出来看个究竟。父亲第一个挽高裤子腿，赤脚走进仍然让人感觉有些寒意的秧田，然后蹲下身子拔秧。他用左手手指呵护着秧苗的中上部，右手手指紧贴秧苗的根部，轻快地将其拔起，等到手里拔起的秧苗攥不下了，就用秧田草熟练地将其扎成一个小把，轻轻地甩在自己的身后。因为好奇，儿时有一次，我禁不住问父亲，为什么每年都要开秧门？为什么又只有插早稻才开秧门？父亲无法给出答案，只说也向爷爷问过同样的问题，也没有得到准确的答案，最后只能含糊其词地说有可能是传统。

那天，父亲十分自豪，就因为在村子里第一个开秧门，第一个将早稻秧苗插进了水田。因为我家率先开了秧门，村里人都把父亲当成了做庄稼的老把式，纷纷前来讨教，询问自家的秧苗是不是可以插了。父亲当仁不让，跟随其后到秧田转了一圈，然后连声说插得了。就这样，原本持有观望态度的人家也等不及了，往往在第二天一早，就争先恐后地放鞭炮开秧门，导致随后几天早晨田野里鞭炮声响成一片。早稻插秧战斗从此爆发，前后不到十天，原来一片空白的水田，就被插满淡绿的秧棵。

"早插黄秧早生根"，秧门打开，秧苗插下，收获的日子还会远吗？那时，农民大都为人处世善良豪爽，生活主要倚重农业生产，只要年成风调雨顺，无论是播种还是收获，都能让他们快乐得合不拢嘴，表达的方式既简单又真实。小时候，插早稻季节，我经常见到开秧门，总喜欢跑去看热闹，因为它是过年后难得的一次放鞭炮机会。当时，我只感到意犹未尽，根本没料到它会在不久的将来消失不见。

如今，村子里的水稻田都被流转给了种田大户，培育在托盘里的秧苗均由育秧工厂提供，已经无需人工育秧、拔秧和插秧，开秧门在很多年前就已难见踪影。每年春耕时节，我在见到用机械插早稻秧时，就情不自禁地回忆起当年父亲手把手教我拔秧插秧的情景，耳畔仿佛又响起他"读书和种田，最好是门门都会"的谆谆教诲。我觉得自己这代人正好踩到了传统农耕文明的尾巴，出生在农村，从小干农活，农业收入是家庭的主要经济来源，所以在参加工作之后，还曾被父辈不断教育开导，把"大不了回家种田"当成自己在社会上打拼的最后退路。

现在，农村年轻人愿意种田、会种田的越来越少，出于对"三农"的熟悉和关注，在插早稻田的季节，我对开秧门的消失陷入沉思。根据中国传统习俗，农历正月初一的头件大事便是"开门"，各家各户都会比赛着早起，抢着燃放鞭炮打开家里大门迎新，我由此猜测农民开秧门是从中得到了启发。可是，正月初一开门有真实的门可开，而开秧门的门又在哪里？莫非用手拔起第一簇秧苗，就相当于拨开了秧门的门闩？秧门的第一道缝隙，是在秧田块上留下的第一道豁口，沿着这道充满光亮的豁口向前进发，不久就能迎接到水稻丰收的未来。

老屋纪事

老屋要拆了。尽管老屋离规划建设的小镇有五里之遥，离它面前的一条由马路演变成的国道相距十几米，但是一个大红的"拆"字，还是恣肆地刷在它的那面光荣褪尽的土砖墙上。

其实，此前我家由于经济条件不断改善，又盖过两次房，而且每次都负了债，因此想到拆老屋拼凑做放杂物的角屋，但都没有拆，不过最终还是没拗过国道沿线房屋拆迁改貌的政策。我唯一能做的，便是从县城回家，帮仍住在老屋的父亲搬家。

老屋是父亲平生经手盖过的三次房子中的首所，是父母正式当家理事的处女作。它建于20世纪60年代末，坐北朝南，三正一披，中间抽巷，每正两间，只有朝南的那间才有小木窗。它的所有外墙，仅有最底层砌有一层青砖，其上均为土砖。所以，除了披屋那间用作厨房的南墙以外，其余没有廊檐遮风挡雨的外墙，都被父亲披挂上用芭茅编织的简易雨披。当时农村为了居家谨慎，愿意面对马路建房的极少，所以老屋盖起来不久，披屋南墙就被刷上一行大幅朱砂红色的斗争标语，就好像给老屋授予了一枚光荣的胸章。在我小时候的年关，南墙根前还曾有过戴红袖章持步枪的民兵面对马路值守。

走近老屋，父亲对我说，还是老屋清净，冬暖夏凉，住习惯了。父亲的话突然让我想起了在老屋去世的奶奶。1976年唐山大地震发生后，家家户户都被要求在户外搭建防震棚，晚上还必须睡在防震棚内。可奶奶是个例外，不管怎么劝阻，聋三哑四的她都执意不肯在防震棚内过夜，每晚她就早早地点亮煤油灯，走进老屋堂厅右侧靠北的她的房间。当年大家都为她担心不已，因为老屋盖时地基没打牢，堂厅右侧主墙壁裂有一条可以透光的缝隙，随时都有倒塌的可能。我想，奶奶当年的执拗，想必也像父亲说的那样，是住习惯了吧。

进入大门，我就闻到了一股霉味，从前干爽的地面有些潮湿。父亲说这是住人太少的缘故。堂厅已被搬空，从屋顶亮瓦射下的光落在地面，这得益于初夏父亲刚翻过屋面，扫净了瓦沟和亮瓦上的杂物。在翻披屋时，屋檐口头的一根椽子烂断了，父亲从屋上摔至地面，幸好披屋不高，地上什么也没堆。

为了省钱，老屋一直没通电，借口是马上就要拆掉重建。记得老屋唯一一次通电，还是从邻居家搭来的电，那是大哥考取大学在家办升学宴的晚上。那晚散席后，父亲的一个忘年交，酒喝得有点高，仗着自己身材魁梧练过武术，不顾年高，吹嘘抵棍在场无敌手，结果在与一个高个子叔叔用扁担抵棍时落了下风，脱落的扁担头在老屋堂厅右侧更换后的主墙壁上划了一道深痕。

父亲住的是我们兄弟小时随母亲睡觉的那间房，仍靠煤油灯照明。半空中用几块木楼板搭成的阁楼仍在，只是不知道童年时盛放贵重物品和食物的那些箱柜坛罐可还在上面。阁楼下面，在原来摆放父母结婚时用的苏州床的位置，摆放有一张简易的木板床。靠近床头的墙上，二哥上小学时留下的墨宝依稀可见，那是一句四周用墨汁加框的标语"下定决心，不怕牺牲，排除万难，去争取更大的胜利！"

父亲一边收拾，一边又旧事重提，当初建房子时，家里是多么穷，亲戚朋友之中，谁送来檩木，谁送来椽子，谁送来了几块钱，谁做的十几个瓦工没有收一分钱。父亲老了，经常在子女面前说这话的目的，无非是想让我们懂得感恩，想让他这辈子未曾报答完的恩情，在我们身上能延续下去。

最后，父亲才小心翼翼地取下标语上方墙上挂着的祖父像。祖父像是在江西景德镇烧制的精致瓷像，像中的祖父平头长衫，威严有加，栩栩如生。父亲说祖父一直护佑着全家，让有饭吃有书读。的确，就在这个房间，奶奶和妈妈都从阁楼上掉下来过，均是有惊无险，而那时我一个发小的母亲就是从自家阁楼上掉下来摔死的。我兄妹五人有三个靠读书跳出了农门。老屋的德性极好，住了几十年，一家人平安喜乐，仅有年近八旬的奶奶因脑出血遽然离世。

搬空后的老屋只有风在自由出入，从屋顶亮瓦和破窗洞射进来的两束光交织，我不知道它们是想画一个叉号，还是画一个对号，只是再也没有谁像小时的我用捡来的玻璃镜碎片对着它，将光反射到物件或人身上。

临离开老屋时，我再次凝视那个"拆"字，感觉它怎么都像一块挂在老屋脖颈上的批斗牌。老屋不在公路旁边真好，因为如此，它才有可能保存得更久，才让人有更多的机会去看它，就像经常去看一位孤独的老人。

老屋的屋阴

　　老屋给人的情感体验，大都深刻而美好。对于从中走出去的人们，老屋总是与无忧无虑的童年同在，与懵懵懂懂的成长关联。它盛满着光阴里的故事，一面墙、一间房、一扇窗以及房前屋后的一草一木，甚至夏天阳光照射形成的屋阴，往往都会像一根导火索，瞬间点燃内心的眷恋。

　　我家老屋建于我出生的那年，拆于我参加工作后的第五个年头。它被拆是因国道沿线房屋的拆迁改貌，虽然获得了一点象征性的补偿，但世上哪有灭失的事物可以通过补偿得到复原。因此，我很羡慕至今仍能回到自家老屋流连抒怀的人们，不似我只能面对我家老屋的原址努力地回忆从前。

　　我家老屋坐北朝南，面对一条后来变成国道的马路，为三正一披的土砖瓦屋。居中的一正为堂厅，堂厅两侧各一正为住房，因中间穿巷而有房四间。披屋在最东边，后端为柴房，前端为厨房。披屋外侧还预留有一块宅基地，可自从老屋建起来之后，那儿就从未加盖过房子。倒是有一条横穿马路的乡村小路从旁边经过，在此处突然变得宽阔。当时，那条小路既是我家所在村庄通往马路的主干道，又是几条田埂之外的外婆村以及再远一些的村庄通马路的最近通道。

　　遥想当年，炎热的夏天，太阳刚偏西，我家老屋屋前和空宅基地上，就会形成越来越大的屋阴。家中暑热难耐，或坐或躺在搬进屋阴的凳子和凉床上，即使无扇子可摇，也能享受习习凉风。白天常有从马路上经过的行人，难耐暑热饥渴困顿，上门到我家讨碗茶水，坐在屋阴里慢慢地喝。尽管彼此素不相识，但在与家人拉呱时，往往就会拉出七拐八弯的亲戚关系。等解了饥渴，养足了精神，他们说什么也要将茶碗送进屋内，连声道谢后方才重新上路。

　　在责任田到户之前，我家所在的农村不仅缺吃少穿，而且连烧锅的柴火都缺。其实人们也并不懒，尽管田野里的柴草儿乎被挖完拔尽，房前屋后的树也被劈得仅剩主干，但在每年青黄交接时，各家各户还是缺柴烧，因此只好三番五次到对面望似很近、实则有十几里远的山区去买。

记得我家每次去买柴，父亲都是与外婆村人相约着一道，清晨一行十几个人背着锚担出发，下午三四点才挑着柴担回家。一担担散发着松香茅草味的柴火，有序地码放在那块空宅基地的屋阴，外婆村的买柴人照例要在搬来的凳子和凉床上歇息。父亲捧出他的竹节黄烟筒和一满盒用菜叶覆盖的黄烟，他们互不嫌弃，你吸后我接过来吸，满足地过着烟瘾。其时，端出家里所有的茶碗都不够，只好用大蓝边饭碗来凑，仅有的两只茶瓶在烧午饭时，就灌满了用灶中瓦罐煨的茶水，可没倒完一圈便见了底。不过，没倒上茶水的并不急，在买柴队伍刚到时，我家就开始用饭锅烧茶水。他们在屋阴里坐着，一边抽黄烟、喝茶和聊天，一边逗在旁端茶续水的我五兄妹玩。直至天色不早，他们才就地放下茶碗，一句客套话也不说地挑起柴担，一肩也不用歇地就到了家。

那么多年都是如此，父母从来毫无怨言，虽然平日家里晚餐炒剩饭都唯恐多往灶里塞了一把柴，但从来不曾为烧开一锅又一锅茶水所烧掉的柴火而惋惜。在我五兄妹长大甚至成家立业后，父母总是不忘叮嘱，无论什么时候，都不能忘记外婆村人的恩，当年我家一间半破房倒塌而不得不建造老屋时，年轻力壮刚当家理事的父母仅有几十块钱，如果没有外婆村人的鼎力相助，就无法盖起平生的第一间房子。

前人栽树，后人乘凉。大树底下好乘凉，后人在树荫下享受凉爽时，有几人能想到栽树的前人？每个人都会成为后人的前人，为什么做点惠及后人的事情还需要反复提醒？树荫只能让人烈日下躲避一时，而我家老屋的屋阴让我终生难忘父母的教诲，并从中得到感悟：生活平常琐碎，感恩不拘形式，也无需仪式，但要常记于心，默默践行。

麦子黄时杏

麦子黄时，我家老屋门前那三棵又高又大的杏树上的杏子也就渐次地黄了。

我家老屋坐北朝南，面对一条东西走向的公路。门前不远处有一条东西走向的小水沟，那三棵杏树沿沟边也按东西走向站成一行。最东边的那棵杏树正对着大门，与西边那两棵杏树相隔有桃树、桑葚树、粑叶树、刺槐树等杂树，而西边那两棵杏树之间别无一物，两棵杏树枝繁叶茂时枝叶都能相交。

那三棵杏树开花结实各异，正对大门的那棵杏树，花白多红少，结果很少，成熟最早，个头最大，美中不足的是杏子黄时果肉不离核，吃起来糯而酸甜；中间的那棵杏树，花白里透红，结果正常，成熟稍晚，个头较大；最西边的那棵杏树，花白红近半，结果多而成球，成熟最晚，个头最小，表面多带斑点。后两棵杏树杏子黄时，只要用手轻轻一掰，肉核即刻分离，吃起来脆而酸甜。

家住公路边，杏树在门前，令人喜忧参半。喜的是，那时家里孩子多，能吃到的零食又特别少，家里树上结的杏子可以从青吃到黄，不似那些没有杏树人家的孩子，早晚都爱跑到别人家的杏树底下对着树上的杏子张望。忧的是，杏子容易惹是生非。家里的瓦屋随时都会挨上一块砸杏子的石头，屋顶上的瓦被砸碎，下雨天漏雨是小事，大不了晴天父亲上屋顶去翻换。怕就怕出危险，有一个月明星稀的晚上，父亲串门回家，刚走到屋拐角，就听到西边杏树处传来扑通一声，吓得父亲赶紧跑到杏树底下，抱起从树上掉下来摔闭过气的偷杏少年，又是掐人中，又是抱着上下抖动，弄了半天，才让那个来自邻队的少年缓过气来。看着那少年挣脱，像没事人一样跑开，父亲便不停地谢天谢地。

那时我家穷，奶奶特别节省，对那三棵杏树上的杏子看得特别紧，连我们兄妹打摘都会干涉，她想等杏子黄时摘下来拿去卖，再用那钱买油盐。所以，每当麦穗出齐时，她就会在每棵杏树的树杈上用草绳绑上砍来的老虎刺，以此来阻止人们上树偷杏。奶奶对在附近收割小麦的邻村人特别提防，不时就迈着碎步到杏树附近巡查。奶奶老眼昏花耳闭，机灵的偷杏人就跟她玩起猫捉老鼠的游戏。但有一年，奶奶还是将一个偷杏子的邻村少妇堵在最中间的那棵杏树上。尽管那少妇在树上"好奶奶、好婆婆"之类的话说了一稻箩，但奶奶稳坐在树底下的凳子上装着没听见，直到引来了很多看热闹的人才作罢。后来，当听说偷杏子的少妇身怀有喜，奶奶叹息道："为什么不早说呢，过几天我送些果子过去给她。可是，听人说孕妇不利结果，来年这棵树一准结不了多少杏子。"第二年，还真被奶奶说中了，那棵杏树的一只大树桠不知怎的就慢慢地枯萎了，结的青杏还没等到黄时就全部萎落于地。

　　麦子黄时，带给大人们的是丰收的喜悦。杏子黄时，少年的舌尖上翻滚着酸甜。我多次梦见，奶奶一声令下，快乐的少年像征服者，勇敢地爬上树梢，手握树枝一摇，地上顿时下起一场畅快淋漓的黄色杏雨。

　　　　　　　　　　　　（2023 年 7 月 23 日发表于《今日怀宁》）

为了父亲的尊严

我的父亲是农民，生于 1937 年，故于 2018 年。他的谱名叫"立孝"，取得中规中矩，但极少用，连我都还是从他去世时所立的灵牌上才知道。他的身份证名叫"庙送"，取得有点迷信，因为他是祖父在四十八岁时才有的独苗，可见是太需要菩萨保佑了。不过，他在村里通行的名字，却是他的绰号——"鬼子屎"。尽管它特别有损尊严，但战争留下的烙印，并不是想抹去就能抹去的。

父亲的绰号来源于抗日战争时期的一次"跑反"。在他还只有二三岁时的一天，驻扎在我家东北角独秀山上的日本鬼子下山扫荡，裹着一双三寸金莲的祖母逃避不及，抱着他躲进村中一个上面堆有柴火的旱厕。没过一会儿，一件令人啼笑皆非的事情发生了，一个内急的日本鬼子竟然毫无察觉地在旱厕边拉了一泡屎。尽管幸运地躲过一劫，但父亲从此便有了这个醒醒的绰号。

小时候，因为父亲的绰号，我和三个哥哥一个妹妹，都没少和小伙伴们打架，有时还会惊动双方父母。那时，小伙伴们经常以当着我们面叫骂父亲的绰号为乐，为了父亲的尊严，我们自然会不顾一切地还击。然而，无论打输打赢，父亲对我们都是"有理三扁担，无理扁担三"。他总是对我们说，为这跟人家打架犯不着，叫骂也不折什么东西，一个人要想被人看得起，就要争气发狠有出息。

连我们小孩子都知道要的尊严，可父亲竟然毫不在乎！当时懵懂的我们都愤愤不平。只有等到长大后才会明白，生活中有许多东西，需要慢慢品、细细品。哪怕自己做牛做马，也要让儿女生活得更好，是中国父母的执念。而做牛做马的代价，就是根本无暇顾及甚至有时不得不放下尊严。

父亲只念过几个月私塾，"有智吃智，无智吃力"是他人生的信条。为了养家糊口，他既干过开矿、驮木材、拖板车等重苦力活，又鼓捣过货郎、卖布等营生，经手为家里盖过三次房子，供我和两个哥哥靠读书跳出农门。虽然在村里也算是小有成就，但他那被人叫惯了的绰号，却始终没有被除掉，后来还是因文明日渐而略有改变，由"鬼子屎"变为"鬼子"。即使父亲垂垂老矣，他的发小们也仍在叫他"鬼子"，村里的晚辈们叫他则在其后再加上该称的辈分。

知性地活着，优雅地老去，父亲都没能做到。他自己能动的时候，年复一年忙碌，尽量不增加儿女负担；不能动的时候，在轮椅上艰难地度过近三年。母亲去世后，没过几年，年近八旬在老家独居的父亲因罹患脑梗而偏瘫，只能坐轮椅出行。因无人能长期在家照顾，我们兄弟便准备将父亲送养老院。但在征求父亲意见时，他慢吞吞地说："家里有四个儿子，还要将最后一个男老人送养老院，就是我不说，别人都会骂的哟！"此话让我们兄弟当场差点泪目，于是只得为父亲请了一个全职男保姆在老家服侍。

父亲生性好动，即使偏瘫了，也改不掉，坐在轮椅上，还要人推着到处走动，坐的轮椅被用坏三只。他喜欢去村里人多的地方，可待不到一会儿，就又吵嚷着要离开。有一次，我推着他刚离开，他竟然在路上告诉我，刚才在牌桌上有两个发小又在暗笑他是跛子，于是他用"活不到八十八，不晓得瘸和瞎"的俗语怼他们。我知道，病中的父亲显然有些用心过度，一生不甘落于人后，即使病入沉疴，也还是那么渴望能像正常人一样活得有尊严。

父亲去世入殓，是我用请来的水为他净身，尽管他的双臀、后背和后脑勺的褥疮腐烂难闻，但我还是用治褥疮剩下的医用纱布，将其所有患处完全敷住。不为别的，只为父亲最后的尊严。

（2022 年 6 月 1 日发表于《孔雀东南飞》微刊）

我家的狗事

　　家住农村马路边，考虑到居家安全，养一条狗看门护院很正常。可我家的狗事，随着时代嬗变，几起几落，颇耐人寻味。

　　小时家贫，正值壮年的父母长年披星戴月忙于生计，家中只留又老又聋的奶奶带着均未成年的我五兄妹。那时，农村愿意在马路边盖房子的很少，有的地段一二里路都没有一户人家，而我家在新中国成立前就住在马路边，单门独户，坐北朝南，门朝马路，所以我家经常养狗，养的都是极易喂养的土狗，既可看门护院，又可陪我们玩耍。我至今都还记得当年大人给小孩把屎尿时哼唱的乡谣——"小细伢，穿花衣，屙泡屎，给狗吃，狗喊贼，人得力。"不过，在我的记忆中，我家养的那些狗，结局都很悲惨，有无缘无故不知所踪的，有掉进粪窖里淹死的，有在马路上被汽车轧死的，甚至还有一条狗竟是自寻绝路，挤在门缝里被夹死了。因此，等到家庭生活稍微稳定，父母不再像从前那样忙碌时，家里只要有人提出来养狗，父母就特别反对，说养不活的，别再糟蹋性命了。于是，很有那么多年，父母占据主导意见，我家一直没有养狗。

　　随着我五兄妹成家立业，各奔东西忙于生计，家中时常只有年迈的父母带着四个小孩留守，于是居家安全又被旧事重提。有一年，在省城工作的大哥专程送回家一条毛色纯黑的狼狗，刚被送回来时，吃的是大哥顺带回来的奶粉。我不知道是不是所有儿童都喜欢给家里的猫狗等动物取名，被送回来的当晚，年龄最大才上小学的侄女便给它取名"黑子"。一个多月后，黑子的食量和体型显著增长，肉食特性更加明显，随便丢几块猪肉皮或骨头，已越来越满足不了它的胃口，所以经常饿得在夜里乱叫。被它叫得不耐烦的父母埋怨道："哪见过这样的狗，连猪油拌饭都不吃，哪有许多钱每天买猪心肺和肉给它吃？人都还想不到唉！"

没过几天，父母不顾家里其他人的不舍，做主将黑子以很低的价格，卖给了邻村的一个富户。大哥听到消息后，苦笑着说卖的钱远不够弄来时花的钱。此后，每逢星期天，我从县城回家，都会与人去邻村的一口池塘钓鱼，碰巧的是，那个富户家的院门正对池塘。起初，拴在院内的黑子看见我，还知道怀旧地呜叫几声，当它长得又高又大时，就再也不记得我曾是它的主人。说实在的，黑子被卖掉，连我都很失落，我家竟然养不起一条狼狗，养不起狗比养不活狗，更加让人难受，更加让人不想养狗。

在老家的侄儿侄女分别上初中、小学的时候，有一次我从县城回老家，见家里又养了一条灰色的土狗，他们给它取名"灰灰"。他们放学一路跑着回家，还没进家门，就纷纷"灰灰"地叫个不停，只要灰灰一出现，就都争着去抱去逗，与灰灰在一起玩耍，他们都表现得很快乐。看着他们如此快乐，我联想到童年家里养狗时候，想到县城家中有些孤单的儿子，突然觉得家有未成年的孩子，养条适合喂养的狗，并不是一件坏事。

父母去世以后，我就很少回老家。有一年正月初四傍晚，我在县城突然接到二哥从老家打来的电话，说他在外地工作的二女儿放在老家养的金毛犬"乐乐"被车撞了，肇事车跑了，已报过警，让我跟熟悉的交警打声招呼，让好好查查，还说他二女儿在家里哭着不肯吃饭。我在电话中说，大家都忙于工作，现在谁顾得上，这不是添乱嘛。幸好，乐乐只是腿部骨折，听说我二侄女连夜请人驾车带着乐乐去了合肥宠物医院治疗。一条狗养得比人还要金贵！乐乐体型很大，今年五岁，正值壮年，有一点总驯不好，见人就往身边凑，虽不咬人，但很吓人。

去年，三哥在合肥工作买房结婚定居的独生子，因妻子怀孕生产，将其在合肥经营多年的宠物店转让，最后还剩三只泰迪宠物犬没处理掉。于是，他便将它们连同犬舍一并带回老家，放在原来父母居住的我家房子里养，投喂的都是买来的狗粮。

如今，我只要有事回到老家，站在门前不一会儿，乐乐和三只泰迪就会很快围拢到身边，它们可都不是随便就能饲养的主儿。我家的狗事几经反复，如今变得如此兴盛，毋庸置疑，与国家经济社会发展、百姓安居乐业大有关系。

我家门前有三棵杏树

我家的土砖瓦屋坐北朝南，面对一条东西走向的马路，位于马路的北侧。马路在新中国成立前就有，现为318国道。房前约十米，有一条与马路相同走向、只有下雨天才有水可淌的排水沟。我家的三棵杏树依次长在沟坝上，一棵正对着大门，另两棵位于大门西首。它们每年都会开花结果，正对着大门的那棵和中间的那棵结的杏子个头大、数量少、熟得稍早，最西边的那棵结的杏子个头小、数量多、熟得略迟。从苦楝果般大小的青杏，到麦熟时节经不起风雨的黄杏，我和玩伴们几乎每天都会到树下转悠……

很显然，那都是很久以前的事了。我出生那年，家里祖传的老房子要倒，于是两手空空的父母在亲戚朋友的帮衬下，第一次亲手盖起了土砖瓦屋，尽管后来他们还盖过红砖瓦房和二层楼房，但首次白手起家经历的人和事着实让父母感激涕零，以至于他们毕生都在要求我五兄妹千万不要忘恩。

那时，奶奶仍然健在，父母正值壮年，我五兄妹都还年少，尽管家境十分贫寒，但天有父母撑着，丝毫不妨碍我们快乐成长。等到我记事时，父亲所栽的三棵杏树已经又粗又大。在正对着大门的那棵杏树下，全家人干活、吃饭、嬉戏、歇息，在每年年夜饭开始前，父亲还会往杏树上挂盏灯笼，庄重地领着全家烧香磕头祭祖，在另外两棵杏树底下，堆柴草垛、拴牛、系猪等等。

家有杏树，并且还有三棵，在当时的农村很少见。在那个什么都缺的年代，果树被视为杂树，派不上什么用场，还易招惹是非，所以根本不受人待见。可在我家那个不到二十户人家的屋场，除了我家，还有三四户人家也栽有一两棵，不过全屋场总共不到十棵。其中，最老最粗的那棵，为我东邻家所有，最靠近马路，树身要两个大人才能合抱，开的花格外白，结的果也特别大，被称为"沙杏"。它也因此成为当时我家屋场的地标，凡到过的人，至今都还依稀记得。

也并不是所有的屋场都有杏树，当年我家屋场周边的几个屋场都没有杏树。杏树很难成活，那些年的春夏之交，仅我从野外挖回移栽的杏树苗就不计其数，但始终没有一棵长大到开花结果。尽管温饱满足后的农民开始栽种果树，但如今即使到我家屋场，也看不到一棵杏树。曾经非常熟悉的事物不知不觉消失殆尽，让人到中年的我在倍感失落之余，又莫名产生了儿时才有的感觉——家有杏树，屋场有杏树，真是再好不过！

只不过，儿时杏树的好，全在于杏子。它在满足我口腹之欲的同时，又极大地满足了我因之而被玩伴们围着转的虚荣心。杏子只有等到黄时，才会酸中带甜。尽管青杏酸得出奇，但我和玩伴们一点都不惧，不等杏核长硬，就开始吃起杏子，吃完酸得要命的杏肉，还要将嫩白的杏仁放于两掌之间不停揉搓，同时口中"孵小鸡，孵小鸡"地念念有词，等到杏仁柔软饱满起来，再找个好欺负的小伙伴，将其中的汁水挤到他的脸上……

从杏树上获取杏子的方式有很多——低处的，拽下树枝摘；高处的，爬上树去摘，用竹篙等长物敲打，均不济就扔石头砸。如果杏树是自家的，什么都好说，如果不是自家的，那就必须得到允准。而得不到允准即为偷，偷杏往往会惹是非，拽拉易弄断树枝，爬树有坠落的危险，扔石头会砸破屋瓦，有时还会砸破人头。曾经有一次我就将一个玩伴的头砸破流血，挨了父母的一顿揍不算，还害得奶奶煮了四个糖水鸡蛋送给他滋补。惹了是非之后，往往就会招致家长"没事你跑到树底下现魂"的责骂，我猜父亲栽下三棵杏树，大概就是为了让我五兄妹少惹是非。

不要以为家有杏子，就会让贪心不足的少年安分守己，如我一般出身农村的同龄人，有几个能保证没有偷杏之类的经历？况且，每棵树上的杏子味道又不尽相同，反正当年我可是吃遍了屋场所有杏树上的杏子。指望杏子卖钱的人家，在杏子将黄时，就会在杏树分岔口扎上既缠人又戳人的"老虎刺"，但那难不倒偷杏的少年，他们往往趁夜将其破坏，完事后再恢复原貌。最搞笑的是，有天晚上，我与一个玩伴刚摸到一棵杏树底下，从树上突然传来了另一个玩伴的招呼声。

少年时期对杏子的喜爱，导致如今每当在水果店里见到黄澄澄的杏子，我都禁不住口舌生津，唾沫直咽。虽然我也曾不止一次自责：都已经人到中年了，怎么还像个孩子没出息？但杏子给我留下的记忆太过深刻。

不过那时，我仅知道杏树是果树，却不知它还是著名的观赏树种。杏树作为一种造型普通的落叶乔木，能有如此成就，我觉得应归功于杏花，而杏花能从万紫千红中脱颖而出，位居十二花神之二月花，除了与杏树原产中国、迄今至少已有两三千年的栽培历史有关，还离不开兴盛于唐宋时期的杏花审美文化。"风吹梅蕊闹，雨细杏花香。"（宋·晏几道《临江仙·浅浅余寒春半》）寒梅争春，杏花带雨，各有千秋。"道白非真白，言红不若红。请君红白外，别眼看天工。"（宋·杨万里《芗林五十咏·文杏坞》）缤纷杏花，红白之变，全赖天工。"裁剪冰绡，轻叠数重，淡著燕脂匀注。新样靓妆，艳溢香融，羞煞蕊珠宫女。"（宋·赵佶《燕山亭·北行见杏花》）贵为天子，宋徽宗吟诵的杏花，充斥着皇家的奢华。"小楼一夜听春雨，深巷明朝卖杏花。"（宋·陆游《临安春雨初霁》）壮志难酬，让忧国忧民的诗人彻夜惦念的，依然是民间的疾苦。"林外鸣鸠春雨歇，屋头初日杏花繁。"（宋·欧阳修《田家》）久居庙堂之高，难得一回处江湖之远，何不借乡村杏花，熨帖一下长期焦灼的内心？"一陂春水绕花身，花影妖娆各占春。纵被春风吹作雪，绝胜南陌碾成尘。"（宋·王安石《北陂杏花》）水边的杏花影影绰绰，花开花谢，由花及人，唯有洁白无瑕的品质才可以被经久传颂。"借问酒家何处有，牧童遥指杏花村。"（唐·杜牧《清明》）昔日遍栽成林的杏花，造就的不只是一处风景名胜，而且还为借以浇愁的美酒做着永不过时的广告。"春色满园关不住，一枝红杏出墙来。"（宋·叶绍翁《游园不值》）原本只想描摹百花齐放的绚丽多姿，殊不知弄巧成拙，无意中给杏花烙上了暧昧的印记，从前农村人的名字带"桃"的居多，而带"杏"的极少，莫非就因为此？

流连于杏花的诗意，才格外觉得辜负了那些阳光灿烂、杏花怒放、蜂飞蝶舞的旧时光，可野蛮放养的我和玩伴们哪里懂得欣赏杏花，甚至还把风吹杏花飘、雨催杏花落当作一大快事，因为只有等到杏花落后，才能盼来初长成的杏子。

我上高中那年，受马路等级提升和城建规划所限，父母没舍得拆除土砖瓦屋，在马路南侧离它近百米处盖了红砖瓦屋。几年后，因年久失修，父母不得不将它拆除，三棵杏树也跟着被砍伐。

时光飞快地迈进 2019 年，在轮椅上顽强生活了三年多的父亲最终没挺到新年，名字中带"杏"的母亲早已撒手人寰于六年前。父亲栽下三棵杏树，母亲名字中带"杏"，虽然纯属巧合，但像我五兄妹能做父母的子女一样，都与三棵杏树结缘。只是如今，缘尽缘散，我的人生只剩归途，只能在梦里回到围绕土砖瓦屋和三棵杏树快乐生活的少年。

（2019 年 1 月 28 日发表于《今日怀宁》）

我为父亲刮胡须

"高河真是一个现世的县城，连个刮胡须的地方都没有！"大凡在我为他刮胡须时，只要还有旁人在场，八十多岁的父亲就会嗤之以鼻地说起这句话。不过，也只有父亲总是把这句话当作真话反复地说，而其他人在听后，都不免付诸一笑。父亲之所以总是说起这句无厘头的话，是因为他去年三次罹患脑梗，最终中风偏瘫，并因此具有了阿尔茨海默病的前兆。

我清楚地记得，父亲第一次说起这句话是在去年八月份。当时，父亲第一次罹患脑梗，在县中医院住院治疗。有天傍晚，在打完点滴之后，他焦躁不安地对我说："哎呀，这胡须长得实在难受，到哪儿找个地方刮刮？"于是，我就驾车带上行动不便的他，上街刮胡须。我一连问了七八家理发店，一开始都说可以刮，可在听我说要刮胡须的是个八十多岁、行动不便的老人之后，所有店家都婉言谢绝了。一次次扫兴而归，面对的却是父亲那张满怀期待的脸，因此我不敢直说，只能骗他说没有。一次次听说没有，父亲终于被惹恼了，这才讥讽地说出了这句以后他不知还要重复多少遍的话。

我只得买了一柄手动剃须刀，自己动手为父亲刮胡须。第一次为父亲刮胡须，第一次如此近距离凝视父亲沧桑的脸，让我在瞬间对岁月无情和父子亲情有了最深切的感受。也无怪乎人们常说老小老小，父亲在年轻时也是一条汉子啊，可在老了和病了以后，与蹒跚学步的孩子又有何异？也不知道是我不小心，还是父亲不听使唤乱动，第一次为父亲刮胡须，就给他的脸颊刮破了一处，并流出了少量的血。在止血过程中，父亲表现得异乎寻常的安静，只是笑着说自己的胡须粗硬，平日里连家门口的剃头师傅都愁着刮。

由于我在高河上班，所以父亲在住院期间，我陪护的时间最长，也都是我为他刮胡须。在最后一次住院治疗结束后，父亲再也不能像前两次那样行走着出院回家，轮椅成了他此后的代步工具。从此，父亲再也不能独自照顾自己，并且他又不愿意进养老院，我们兄弟只得合伙，为他聘请了一个六十多岁的男护工在家看护。男护工是个老实巴交的农民，做粗活苦活都行，但不会刮胡须，因而为父亲刮胡须的事还是交给了我。所以几乎每个双休日，我都要抽空回一趟乡下老家，为父亲刮一次胡须。

曾经有一个双休日，因为所在的单位取消休假，我没有回去，父亲还特地让护工打来电话问个究竟。等到接下来的双休日，我回去发现父亲花白的胡须已经长得老长。当我笑着对父亲说您这胡须长得跟马克思一样时，父亲只是像个孩子那样满怀期待地望着我笑。在我为父亲刮胡须时，男护工一再向我解释，说父亲不准任何人给他刮胡须，说就是等也要等我回来。

是我刮胡须的手艺好，还是因为我是您最小的儿子？是阿尔茨海默病导致的思维僵化，还是您想子女都尽可能多地陪在身边？父亲，让我们还是不揭开答案，好吗？

（2016 年 12 月 29 日发表于《今日怀宁》）

无用的小姑

祖父在四十八岁时，才有了父亲这根独苗，几代都是单传，让他对父亲的成长格外重视，不仅请算命先生为父亲取了"庙送"的名字，而且还不顾家境贫寒，从小就为父亲抱养了用来"压子"的童养媳。

抱来的童养媳要比父亲大五六岁，在双方长大成人以后，祖父也意识到了男女年龄太悬殊，于是就将她当成自家养的女儿嫁了出去，因此她便摇身一变，成为父亲最小的姐姐，我兄妹的小姑。从此，父亲就有了三个姐姐，大姐、二姐比父亲都要大十多岁。

真是无用的东西，是父亲说道小姑时的一句口头禅。小姑在世时，即使她已经为人祖母，父亲贬损她也还像贬损小孩一样，一点都不顾及她的尊严，也不知道是不是因为她不是亲姐，而是童养媳的缘故。

小姑的厨艺一直不行，不敢动手杀生，杀鸡杀鸭怕见血，连剖鱼都怕闻鱼腥，经手做出来的饭菜品相和味道太过一般，很不符合从小"娇生惯养"的父亲的口味。虽然那时候老家农村家庭生活条件不怎么样，但一直流行有每年正月姑娘家都要接外公、外婆和母舅吃饭的习惯。祖父去世得早，祖母从不出门，父亲便成了家里的唯一代表，每年正月都要被我的三个姑家接去吃一顿，每家都拿出最好的吃喝来招待，留了又留的鸡腿就等着他去消灭，因为亲戚中没有谁比他还要尊贵。每次从三个姑家吃一圈回来，经过回味、总结和比较，父亲就会直摇头说小姑无用，弄菜饭的手艺一生都不见长进，好吃的东西都让她给弄糟蹋掉了，自己也就伸了几筷子头。

父亲如此贬损小姑，并不全因为吃喝，还有一个历史原因。小时候，我家特别穷，全家八口人吃饭，只有父母在生产队挣工分粮，而且我兄妹都特别能吃，所以不管在家掌厨的小脚奶奶怎么精打细算、怎么瓜菜替代、怎么按人大小分配，我家的粮食都不够吃。粮食不够吃，去买又没有钱，于是只得先去借，等新粮出来后再还。有一年，父亲从小姑家借回来一担稻，一等到新稻出来从生产队分回家，就立即挑了一担新稻去还。谁知没过多久，小姑来我家说漏了嘴，说小姑父嫌我家还的新稻不壮瘪稻太多。此举让父亲大为光火，当场将小姑狠骂了一顿，大意是说小姑也太无用了，还的新稻在生产队晒了又晒扇了又扇，哪有说的这回事？退一步说，即使就是有，也不该来说，也不看看是谁跟谁。为此，我家与小姑家闹了好几年的别扭，幸好当时奶奶还健在，才不至于因此断绝往来。

小姑死得很愚昧。她生有一个儿子两个女儿，儿子最大已婚且生有两子，两个女儿均已嫁人，按理说家庭生活应该很幸福美满。但小姑死于自杀，原因出在她儿子身上。她儿子原有肺病，小姑便跑去找卜卦和算命先生测算，结果都说她与儿子犯冲相克，当年之内母子必定有一个人要走。于是，卜卦和算命的结论，成为压倒她的最后一根稻草。自杀的那天下午，两个还在上小学的孙子放暑假在家，小姑与他们一起围着家里的黑白电视机，看完当天播放的几集电视连续剧《西游记》，然后才回到自己房间，不声不响将早已准备好的一瓶农药喝下……一个一生连鸡鸭都不敢杀、连鱼都怕剖的农村老年妇女，却用如此决断骇人的手段自行了结了自己的生命！是去狠批农村封建迷信害死人命，还是感叹她做出如此选择时的母爱支撑？

小姑出殡那天，我跟随父亲去参加她的葬礼。在焚烧的香纸火光与炸响的鞭炮声中，我清楚地听到眼含热泪的父亲用沙哑的声音在说："真是无福的东西。"小姑直到人生结束，终于让父亲将一贯贬损她的口头禅改动了一个字。

一座山和一个镇的嬗变

我越来越惊诧于一座山和一个镇的嬗变速度。这座山就是我老家附近的独秀山，这个镇就是我老家所在的安徽省怀宁县黄墩镇。独秀山，位于怀宁县中部，据史志记述，其"西望如卓笔，北望如覆釜，为县众山之祖，无所依附，故称独秀"。黄墩镇，坐落于独秀山脚下，傍山而过的318国道，让独秀山无形中成了黄墩镇的天然路标。

可在我父辈的口中，独秀山和黄墩的名字都土得掉渣，他们习惯于把独秀山叫"土山头"，把黄墩叫"黄泥巴墩"。"看牛挖草根，养女不嫁黄泥巴墩"，这句在父辈时代还广为流传的俗语，入木三分地道出"土山头"与"黄泥巴墩"从前堪称难兄难弟的情形。"土山头"自然资源匮乏，历史名人古迹鲜有，不能靠山吃山，反而因为在抗日战争时期，山上驻扎过日本鬼子，山顶还修筑有碉堡工事，以至于在1949年碉堡被拆除后的很长一段时间里，从远处看"土山头"，山顶不是尖的，而是平的。"黄泥巴墩"田地贫瘠，土质发黄，黏性极强，遇水即成黄泥巴，踩在鞋底下很难甩脱，一旦失水，又易结成牛皮糖似的板块，很不利于农耕。在农村责任田分到户之前，我父母兀兀穷年，最终连一家人肚子都难以糊饱。

我老家离"土山头"不到二里地，小时候我经常与伙伴们上山看牛、打柴、捡山菇、摘野果，还会到地质队钻探后的山谷中寻找圆石碌当玩具。最怕的是路过山脚下的石油战备库，那一排排露天安放的银灰色巨大油罐和荷枪实弹的岗哨，总让人不寒而栗；最喜欢去与之毗邻的国营县茶场，数百亩茶园在茶季就成为我们穷孩子的乐土。

我清楚地记得，"土山头"与"黄泥巴墩"的嬗变，起始于改革开放，在日本鬼子碉堡遗址上，相继建起了广播电视转播台和气象塔，从而弥补了山顶不是尖的缺憾；绕着山脚经过的窄马路，被拓宽成凹凸不平的砂石公路，后又被修筑成平坦的柏油路，最终改扩建成白加黑的 318 国道；石油战备库和国营县茶场，被先后废弃，整体开发成镇工业经济园区，附近还建设有占地十几亩的休闲度假酒店。路灯沿着 318 国道从镇区一直安装到山脚下，在夜晚形成一条蔚为壮观的灯光走廊。穷则思变的"黄泥巴墩"人，通过开办工厂以及走南闯北务工经商，仅用几十年时间，就把从前难以活人的"黄泥巴墩"，建设成美丽的省级中心城镇。

而随着父辈的终老，"土山头"与"黄泥巴墩"的名字，逐渐被"独秀山"与"黄墩"所代替。特别是近些年来，我明显地感觉到独秀山与黄墩镇的嬗变，开启了加速度。独秀山连同山北边不远的观音湖，被打造成风景名胜区，以黄墩镇为主基地的国家级独秀现代农业示范区，正在如火如荼地建设中。而最近几年，一直唱着主角的当属"水果皇后"蓝莓。几年前，安徽省农科院科技开发人员，在独秀山脚下的荒山岗上种植蓝莓大获成功，迅速带动了黄墩镇乃至全县蓝莓产业链的爆发式增长。截至今年，仅黄墩镇蓝莓种植面积已超 2 万亩，发展蓝莓种植加工的企业近 20 家，黄墩镇也因此被称为"安徽省蓝莓第一镇"。怀宁县以黄墩镇为主会场，已成功举办两届怀宁国际蓝莓文化旅游节。中央电视台七套《乡村大世界》栏目还对第二届怀宁国际蓝莓文化旅游节开幕式进行了现场直播。第三届怀宁国际蓝莓文化旅游节于今年 5 月份举办，其中的全程马拉松赛，有一段赛程在独秀山脚下进行。

"游独秀故里，品怀宁蓝莓"，对于"奔五"的我来说，已没有什么比这句话更能贴切地形容出一座山和一个镇嬗变的结果。寂寞无梦"土山头"，风景名胜独秀山；声名狼藉"黄泥巴墩"，天下闻名黄墩镇。现在的独秀山与黄墩镇，真可谓珠联璧合！可山还是同一座山，镇还是同一个镇。由此，我们不难看出，历史不可改写，但可以书写；声名遭受了亵渎，但可以重新创立。一座山是这样，一个镇是这样，一个国家和一个民族更应该是这样。

（2019 年 6 月 13 日发表于《新安晚报》A16 版头条，获安徽省直机关工委、时代出版传媒股份有限公司、新安晚报社联合主办的"我和我的祖国"庆祝新中国成立七十周年征文三等奖）

祖 父 像

从我记事时起，祖父像就被挂在我家堂厅的后墙上。四十多年过去了，其间我家先后盖过两次房子，且是一次比一次好，堂厅的设施也越来越齐全，而唯一不变的是，祖父像一直被父亲挂在几乎相同的位置。

祖父像小而精致，连檀木相框在内，也大约只有 A4 纸般大小。准确地说，那只是祖父的一帧半身像。像是先由画师在相纸上画好，居中横向题上"郑公某某先生像"字样，再经过江西景德镇陶瓷工艺处理，然后配上难腐烂的檀木相框，这使得像中人与真人毫无二致，经久不变形不褪色，至今仍然栩栩如生。

像中的祖父，光头少须，不苟言笑，双目有神，身着一袭灰布长衫，让人无从看出是高是矮、是坐是立，更无法看出身份职业，倍感神秘威严。这与祖父的人生履历很般配。据父亲讲述，祖父身材不高，会些武功，新中国成立前在江西浮梁替大户人家管家多年，新中国成立后才回归本土成为一介农民。

父亲是祖父在四十八岁时才盼来的独苗，从小娇生惯养，不过好景不长，还未等到他成年，祖父就离开了人世。因此，对于我五兄妹而言，祖父就是这帧陶瓷画像，只能粗略地从父亲那里获得认知。父亲喜欢拿自己的人生经验对我们进行家教，富有传奇色彩的祖父因而经常成为故事的主角。祖父为人恪守本分、老实厚道，从不趋炎附势、欺软怕硬，而且还乐于助人，新中国成立前曾带过不少乡亲去江西谋生，村里的老支书在儿时就曾被他带去帮人放牛，也带过不少死在江西的家乡人的骨殖回老家安葬。父亲不止一次慨叹，祖父是心不黑，如果心黑一点，家里早就发达了，不过也不是没有挣到钱，更不是买不起田地，而是因为他挣的钱都被赌输掉了。塞翁失马，焉知非福，正因为如此，我家在新中国成立后被划为贫农成分。父亲经常教导我五兄妹：一个人要识惯，要争气发狠，流自己的汗，吃自己的饭，你们都没有我小时候养得惯，我老子死得早，我全靠自己养大了你们。

在农家堂厅的后墙上，通常会挂中堂、寿对，张贴伟人画像、年画，紧贴后墙根会摆放长条茶几、桌椅和板凳。我还小时，因父母都是农民，裹着小脚的奶奶只能在家忙些家务，我兄妹五个均未成年，所以家里特别穷，穷得堂厅连茶几都没有，仅有一张裂缝的四方饭桌和几条糙板凳，灰白斑驳的后墙上，除了居中张贴有一张毛主席像之外，就只有挂在其右首往下来一点位置的祖父像，从来就没有谁敢乱花钱买一张年画张贴。或许是觉得后墙上过于空荡，刚学会写毛笔字的二哥，挥毫在祖父像下方的墙上，横着写下一句毛主席语录——"下定决心，不怕牺牲，排除万难，去争取胜利。"

我家堂厅后墙上的如此空荡状态，竟然莫名其妙地延续成一种常态，即使生活条件改善后盖过的两次房子，也还是空荡无以复加，毛主席像不再张贴，连亲戚送父母六十岁、七十岁、八十岁寿辰的中堂和寿对，也没有被挂过一次，整面墙上就只挂有祖父像。

如今，已经离世的父母像也被挂在我家堂厅的后墙上，紧挨在祖父像的旁边，不过父母像明显不如祖父像精致，它们只是将身份证像放大制作而成。每次瞻仰时，我都觉得，祖父和父母仍像活着的时候一样，慈祥地守望着我们这些下人。

嬗变与安定

第二辑

履痕深深

不安生的中年

妻子的娘家在六安市金寨县腹地的一个镇上。今年六月中旬，妻子从娘家回来的那天，我问："老娘现在怎么样了？"她答："比我刚去时好很多，现在能吃一点流食了。"可让人没料到的是，第二天晚上，我就在外面接到妻子发来的微信："老娘今晚九点走了。"

岳母享年八十三岁，十几年前，因脑梗偏瘫，但可以独自拄杖移步；去年冬天，不慎跌断了腿，经过手术治疗，出行只能坐轮椅；从今年四月起，身体每况愈下。接到岳母病危的消息，妻子眼泪簌簌地回了娘家。与此同时，妻子的哥哥、姐姐和弟弟也都被通知回来。然而，经过精心照料，岳母转危为安，大家于是各回原地，但妻子例外。因为她是岳母的老女儿（当地方言称"最小的"为"老"），嫁得远，回娘家少，所以就留下服侍岳母近两个月。

"我岳母去世了，需请三天假"，我在办公室打电话向在外出差的分管领导请假。电话那头，我听见分管领导支吾其辞："呵呵，怎么又……"我懂他没说出来的意思，因为我很少请假，可近几年请假，大多与人去世有关。办公室里的两位年轻女同事听后，可就没有分管领导那么委婉，她们不约而同地张口说道："啊啊，发叔，你家怎么又有亲戚去世了！"

也难怪她们如此吃惊。我盘点了一下，近三年来，与我非亲即故的人去世的委实不少。前年，父亲因病去世，仅一百多号人的老家村庄又陆续去世了三人，其中有二人还是非正常死亡，为此乡亲们请和尚做了一场平安法事。去年，我舅、一个姑家的表嫂和一个至亲房大伯去世。今年至今，一个比我还小一岁的姨表弟、另一个至亲房大伯、岳母和一个远房叔叔去世。

我向女同事解释，也许是由于我人到中年，父母离世，事必躬亲。不过，我没告诉她们，在她们这般大时，我也曾经了无牵挂，甚至还在工作笔记扉页上写下"你最大的本钱，就是年轻"的自勉。然而，时光太匆匆，大学毕业分配工作、停薪留职下海、国有企业下岗、机关单位打工的经历也太黯淡，几次考公最终都是功亏一篑，而付出的却是满头青丝变花白、倨傲的本钱折尽的代价！

我开始渴望一种安定的生活，暗自庆幸生活在小县城，"中年危机"影响不大。我原以为儿子上大学后，就可以自我放松一阵，去做一直想做却被耽搁已久的事，静下心来读一些书，去码让人不再觉得"忧伤、沉重"的文字。殊不知，"树欲静而风不止"，我不知道别人的中年是不是这样，我只觉得仅最近几年遭遇的死别，就搅得我一点也不安生，特别是今年四月底猝死的姨表弟，白天还在为大儿子的婚事和小儿子开学忙得不亦乐乎，晚上上床不久就与身边的妻儿天人相隔。

按照规矩，跳出农门以后，我就可以不随份子打理老家村庄的红白喜事。但中年以后，我主动做了改变，老家村庄无论谁去世了，我都会回去送其最后一程。一是因为老家村庄离县城不远，或明或暗都在那里；二是因为这样做了之后，我会觉得心安一些。

车行春山中

　　乘坐了四五个小时的客车，在下午两点左右，我终于到达金寨县城，坐上一辆开往岳母家所在的古碑镇的面包车，大约还有两个小时的车程。当天一大早，我就从家里出发，中途没敢耽搁地换乘了三次客车，可我一点儿也不觉舟车劳顿。这条进山公路，我已来回经过多次，对沿途地理景致也有了解，只不过在春天经过还是第一次，时至此时，我仍觉神清气爽的原因，一半归功于要去岳母家接怀孕待产的妻子回家，一半归功于春天层峦叠翠鸟语花香的大别山。

　　山道弯弯，在大别山的褶皱里，稍微偏西的太阳，仿佛在跟我玩捉迷藏，一会儿照耀，一会儿隐遁，金色阳光将我臆想中的古典唱片一次次镀亮，自然界中仿佛有多种乐器在演奏，弯弯的山道就像自带纹路的记录载体，而甲壳虫似的面包车就像唱针在滑过。几百里开外老家的一些旧场景在山中呈现，破旧低矮的土坯瓦房，旁边畜栏里的牛和猪，山涧里清澈见底的泉水，路边行走着的忠厚乡民，见面寒暄时的真挚热情……峰回路转，柳暗花明，原来老家的昨天竟然还可以在这儿找到踪影！

　　激动之余，我开始留意起山上的茶。听说我要到金寨接妻子回家，不少朋友都对我说，多带几斤茶叶回来，金寨的野茶经泡好喝。虽然清明才过去几天，但乘车经过桐城和舒城时，我看见在206国道两旁都摆满了待售的新茶。虽然金寨高寒山区的茶事要晚几天，但途经的几个山区乡镇也已拉起了某某茶市的横幅。

　　凡是公路通达的山上，成材的树木早已伐尽，补栽的多为板栗树、桑树、毛竹和茶树。沿途我都没有看到大片的茶园，像好不容易才发现到的水田和旱地一样小，山高路险制约了茶园的拓展。有的茶园里的茶树估计还没栽几年，显得十分矮小瘦弱。但茶园很多，几乎每座山坡上都栽有茶树，陡峭的山坡被开垦呈梯状，茶树一行行极像一阶阶绿色台阶。通往茶园的山路又陡又窄，从车上望只见一条浅灰色的印痕。

山上茶园里，零星可见采茶人，喝茶人只知道茶好喝，如果不像我这样亲眼见到，肯定不会知道高寒山区种茶和采茶人的艰辛。金寨野茶的称谓早已过时，取而代之的是时兴的"高山茶"。天然、绿色、环保、无公害是高山茶的卖点，尽管售价年年看涨，但仍然越来越受茶客的青睐，听说其中最负盛名的金寨翠眉，深得由此走出去的老将军们的钟爱。

我看见了山上花开正艳的映山红，不过并不像传说的那样满山遍野。我不再像第一次乘车进山时提心吊胆，虽然戴着太阳镜的司机把车开得有些颠簸，但我对他的驾驶技术还是很放心，因为我知道他对山路的路况早已了然于胸。

正当我的眼光不停地在山上巡视，遐思流连于茶树和映山红时，乘坐的面包车突然急刹了一下。我急忙转眼看向车前，只见路边一个十一二岁、衣着特别朴素的小姑娘迅速转身去，手上摇动着一大束映山红。面包车稍作停顿，又继续向前驶去。于是，车上就有乘客问："不是要搭车的吗?"司机回答说："哪里哟，是卖花的学生，碰上星期天，路边就多的是，开车的都要格外小心。"

这莫非就是山上映山红变稀少了的原因? 我想象着刚才那个小姑娘手拿映山红在路边拦车叫卖的情形，她刚才一定仰着娇羞可爱的脸，一定有着一双像希望工程"大眼睛女孩"那样大而明亮的眼睛，双眼一定盛满着山泉水一样明澈的顾盼，一定是在为实现自己一个简单的愿望。是一本书? 是一支笔? 还是一只漂亮的发卡……有些近似著名作家铁凝成名作《哦，香雪》中的片段，我实在不敢再想象，怕会玷污她高山茶一样的品质。可我分明捕捉到了她的慌张和惊吓，以及她背过去的面颊上瞬间涌起的绯红。我脑海里突然蹦出一句: 为什么最好的春茶只能生长在高山与因其导致的贫穷之间? 我甚至认为它就是一句诗。

我扭过头来，想从车后窗再望那个小姑娘一眼，但面包车绕过弯弯山路，很快就将她隐藏，就像钟灵毓秀的大别山，在春天既隐藏着无限美好，又包含着很多无奈。

独秀山美迎客来

　　七月中旬的一天上午，一个多年未见的大学同学张同学打电话给我，说他从杭州到安庆出差，已在安庆大酒店住下，让我开车赶过去小聚，并带他去看看独秀山。在电话里，他声情并茂地背诵起"啊！独秀山，我故乡的山，不知是先有陈独秀，还是先有独秀山。"此句出自我大一获校报征文比赛一等奖的一篇散文。他的煞有介事，让我忍俊不禁：都二十多年了，难为他还记得，就冲这，我岂有不遂他意愿之理？

　　当天下午，我开车从高河到安庆，在宾馆里寒暄片刻，便驱车带他前往独秀山。途中，坐在副驾驶座位上的张同学很是兴奋，与另一个我们关系都很铁的大学同学长时间微信视频，说我正开车带他去看独秀山。独秀山离我老家不到二里地，所以我从小就对它特别熟稔，长大后又知晓了不少它的历史人文典故，也亲眼见证了它的点滴变化与发展。从318国道右拐进黄墩镇绿色食品工业园大门，沿马拉松生态廊道前行百余米，在一岔路口处右拐进通往独秀山顶峰的水泥盘山公路。可没拐几道弯，张同学突然对我说："我们还是走着上山吧？出出汗也好。"主随客便，我只得将车泊于宽阔的拐弯处。

　　路是平坦的水泥路，坡也不是很陡，走起来并不费劲，途中仅遇一辆小汽车下山——在这烈日炎炎的午后上山，莫非也都像我陪张同学一样，是为了来还在心间埋藏了几十年的心愿？张同学的老家在本省宣城市，大学毕业没几年，就到浙江杭州发展并买房定居，现为杭州一家公司的销售副总。在上山的路上，我们边走边聊。在听完我讲的陈独秀因山而得名的典故后，他出于职业习惯对独秀山旅游资源的开发利用大发感慨，认为它与其老家的敬亭山很有些相似，但缺少的是人文景观设施。

　　及至山巅，张同学沐风而立，极目远眺，触景生情，乃至脱口而出冯唐的"尚未佩妥剑，转眼便江湖。愿历尽千帆，归来仍少年"。在山顶气象塔旁，我指着山背面的大片水光映射的观音湖告诉他，已有把独秀山和观音湖联体开发的旅游规划，并指着山西边田畈上成片蓝莓园对他说，现在我们这儿蓝莓产业发展强劲，我老家黄墩镇被命名为"安徽省蓝莓第一镇"，一年一度的怀宁国际蓝莓文化旅游节已经连续举办三届，中央电视台都作了直播报道，今年怀宁蓝莓之乡国际全程马拉松赛的 17 公里赛程在山下的马拉松生态廊道进行，等会儿下山后，我开车带他去转转。他欣然同意，一边流连于山顶览胜，一边用手机拍摄合影或单照。

下山后，在上山的那个岔路口，我驾车右拐上马拉松生态廊道，途经松鼠部落、独秀谷等马拉松休闲驿站。在廊道两旁，我们不时见到不同公司经营的蓝莓园。我将车左拐进初中同学经营的盛丰蓝莓园。可时不我待，园里的蓝莓已经下市，在少数低矮的蓝莓树上，还零星地挂着蓝莓果。张同学兴致勃勃地走进蓝莓地里，用手摘下一颗成熟的蓝莓果实，放入口中品赏，我用他的手机为他抓拍了好几张不错的相片。

天色向晚，饥肠辘辘，我开车来到"春耕园"，准备在园中的农家乐用餐。张同学被园内外浓郁的农耕文化景点深深吸引，又让我为他拍了不少照片。也许是经常走南闯北，或许中餐已在安庆接受经销商的宴请，也或许有些劳累，对于当晚的地方特色美食，他并不怎么大快朵颐。

饭毕，已是晚上八点多，开车从"春耕园"里出来返回安庆，我特意右拐驶上县道黄高线，行驶了几百米，再右拐进入一条来时未曾经过的马拉松生态廊道。我一边开车一边告诉张同学，别看这条道路现在这么美观，几年以前还是人迹罕至的荒山岗，蓝莓产业的迅猛发展，给我老家带来的变化实在是太大了。事情就是那么巧，借着车灯光，我竟然看到在廊道边走路锻炼的三哥。路好，空气也好，无论早晚，我老家人都喜欢上这儿奔走锻炼。在经过三哥身旁时，我停车打了一个招呼，说是带一个大学同学过来转转。继续驱车前行时，张同学迫不及待地问我干什么，我说刚才那人是我三哥。张同学听后羡慕不已地说，这地方环境真不错，既然你老家离这么近，以后退休，搬回来住好了。车子很快就驶出了这条廊道，又到了上独秀山的那个岔路口，从此处右拐，重新驶上进入绿色食品工业园的那条廊道，再左拐进入返回安庆的 318 国道。

回到宾馆，张同学意犹未尽，很快就用手机编辑出一段命名为"独秀山，我故乡的山"的微视频，采用的都是当天下午和傍晚拍摄的照片，并将它放到了大学同学微信群里。一时间，竟惹得不少老师和同学的问询与赞叹，他们在谬赞我和张同学青春不老的同时，纷纷赞叹我的老家真美！其实，我打心眼里也觉得老家已经变得很美，但愿我的导游能让张同学不虚此行。

（2019 年 9 月 12 日发表于《今日怀宁》，并获《孔雀东南飞》微刊庆祝中华人民共和国成立七十周年及改革开放四十年"祖国在我心中"主题征文二等奖）

尴 尬 之 旅

妻子的娘家在六安市金寨县古碑镇，每次与妻子从那儿探亲归来，为了能在一天之内赶到家，我们都是天刚蒙蒙亮就出发，先从镇上坐一天只有一班的大巴车到合肥，再从合肥转乘客车回家。

那天，我和妻子又像往常一样，在下午一点左右到达合肥汽车站。一辆直达本县县城的依维柯客车好像在专门等我们，我们前脚刚下大巴车，后脚就乘上了它，刚在座位上坐好，它就开动离开了车站。

依维柯客车的上座率很高，我们坐在最后一排连体座位上。为了赶路，我们起得太早，坐在车上一路都是昏昏欲睡。突然，车子来了一个急刹，我们随即被惊醒。车门打开，过了一会儿，上来一个长得胖乎乎的女孩，年龄在二十岁左右。她气喘吁吁地问，还有没有座位？司乘人员指着我们坐着的最后一排说，还有一个座位。

女孩笨拙地从车子中间狭窄的过道朝我们走来。我和妻将座位挪到了中间，将最里边靠窗的座位让给女孩。依维柯客车的座位设计安装得紧凑，前后排之间的距离过于逼仄，让旅客的腿脚都无法伸展，最后一排正对中间过道的座位面前宽敞一些，适合怀有身孕的妻子乘坐。

女孩挤到了我们面前，很有礼貌地跟我们商量让她进去。我和妻子都站了起来，好让女孩能挤进去。不知是脚下放的行李太多，还是我们仨都不是轻量级的，女孩挤了有一会儿，可就是挤不进去。我一边准备站到座位上，一边对女孩大声说："你太肥，像这样硬挤，是挤不进去的。"我站到座位上腾出空间的方法很管用，女孩很快挤进去坐到了座位上。

车子重新朝前飞快行驶，女孩的脸一直朝向窗外，不时地用纸巾擦拭眼睛。我发现她是在偷偷地流眼泪，心想她可能是遭遇到什么不幸。我悄悄地用手扯了扯妻子的衣角，用眼神告诉她女孩在哭。古道热肠的妻子连忙问女孩为什么哭。谁知不问则已，一问女孩愈发哭得厉害，竟然哭出了声音。

车内其他人都用狐疑的眼光在我、妻子和女孩身上来回逡巡，希望能从中发现什么端倪。这让正好挨着女孩坐着的我感到很尴尬，手脚都不知道往哪放才好。后来，我实在是忍不住了，就很正式地问女孩为什么哭。女孩哭着说："哪有像你这样讲话的？说我胖就胖，偏偏还要说成肥！"

我终于弄明白了女孩哭的原因，赶紧连声说对不起，向她解释刚才纯属情急说话没注意，可怎么赔小心都不管用。妻子也在旁边一边数落着我，一边帮我向女孩赔小心，也没有起到什么作用。如此状况一直持续到即将到达本县县城。一路上，女孩没有再跟我们说一句话，在还没到县城的一个小镇下车时，也是一声不响地从最里边座位往外挤。我非常配合地再次起身站到座位上，心里只想着让她快点离开座位，并赶快下车。

女孩下车后，我如释重负地松了一口气，不禁想起父母平时经常教育我们的话语：一个人说话，要想着说，不能抢着说。不听老人言，吃亏在眼前，幸好那天我遇到的是一个好说话的年轻女孩。

高河中学的渣肉

　　每年三月，因为诗人海子，怀宁县高河中学都会与高河镇查湾村一道"面朝大海，春暖花开"。高河镇查湾村是海子的故乡，高河中学是海子的高中母校，它们如今都因海子而被烙上诗歌之印。

　　高河中学也是我的高中母校，并且我恰好毕业于海子自杀的那年。我的高中同学微信群名叫"高河中学8904一家人"，"89"是毕业年份，"04"则指所在的高三（4）班。三十余年转瞬即逝，时至今日，昔日同窗已不乏厅处级领导、专家教授和企业老总，然而在聚会或群聊时，我们的话题却鲜有涉及海子与诗歌，说起来恐怕难以令人置信，让大家伙念念不忘的，竟然是当年高河中学的渣肉。喷香油腻的渣肉，高雅脱俗的诗歌，尽管两者风马牛不相及，但如果将它们一并放到高河中学这个特殊的语境打量，如此厚此薄彼之举，总会让人觉得是一种亵渎。

　　在怀宁县城从石牌搬迁到高河之前，高河中学只是一所初中、高中兼有的农村中学。当时，全县除了怀宁中学是重点高中外，其他高中学校均不相上下，以行政区划招生为主。1986年中考，我没被离家只有一二里的秀山中学录取，而被跨区录取到了离家有三十多里的高河中学。这给我带来极大不便，我不可能像离校路近的同学那样，每个星期三、六下午都可以回家，而只能隔一个星期才回一次家。由于当时还是单休，所以要回家的那个星期六下午，最后一节课我都会请假离校，星期天在家吃过午饭，就带着菜，有时还要带着米，或步行或乘车回校。

　　然而，无论我从家里带回的是什么菜，保质期都不会太长，因此我不像离校路近的同学那样只能成天吃从家里带的菜，即使当时我家条件再怎么差，也还是要在学校食堂买菜吃。当时，家里每两个星期会给我五块钱菜金，那都是经过仔细测算的，譬如一日三餐吃什么价位的菜，每个星期吃一次渣肉等等。

渣肉无疑是当时高河中学食堂里最好最贵的菜，每星期仅蒸一到两次，二毛五分钱一小洋锅，约有四五片五花肉。洋锅是一种盛菜碗具的俗称，陶制工艺粗糙，仅内表上有酱色釉彩，而外表呈褐红色。洋锅形状相同，大小不一，最大的比大蓝边饭碗还要大，最小的只有茶水碟子大，不过比之略深一些。学校食堂为了方便售卖，通常用最小的洋锅来蒸渣肉。那时每到午饭时间，饥肠辘辘往学校食堂疾行，隔老远就能闻到渣肉飘香。到了食堂，先到卖饭窗口，买半斤米饭入搪瓷缸，再到卖菜窗口，买五分钱一份的青菜盖于饭上，再买一小洋锅渣肉倒在青菜上，如此荤素搭配的美食，在当时不知令多少寒门学子垂涎欲滴，甚至有人至今仍然耿耿于怀。

对此，我是深有体会，因为当时我不仅经常如此操作，而且还有那么长一段时间操作得让人羡慕嫉妒恨。那是高二上学期，我投稿的一篇文章获得了北京《中学生》杂志社举办的全国中学生征文比赛二等奖，陆续收到的稿费、奖金以及结集的书酬高达五十元。一下子凭空多出来的"巨款"，让我的日常花销暂时摆脱了捉襟见肘。当时流行文学热，同样爱好文学的同桌好几次将我拉进新华书店让我买一本心仪的文学名著，但我一直都没舍得买，心里只想着要将钱用于在校生活开销上，特别是正长身体、伙食要吃好一点。从此，我在学校食堂就餐的格局就变得有点张狂，有时半斤米饭一份青菜一小洋锅渣肉仍觉意犹未尽，就会再去加二三两米饭再来一小洋锅渣肉。如此操作多少有些让人吃惊，要知道当时学校许多拖家带口的老师全家也仅买一小洋锅渣肉。

虽然好景必然不会太长，但我的神操作给同班同学留下了深刻印象，他们至今仍然记得我当时大快朵颐的样子。在聚会或群聊时，他们还会跟我笑谈起当年高河中学的渣肉，非要穷根究底地问起它的好吃滋味，仿佛它是此生最好的菜肴。

我实在无言以对，只是觉得当时自己得到的，只是同班同学难以满足的口腹之欲而已，莫非此生求之不得的，就都是最好最难忘的？

(2021年8月5日发表于《孔雀东南飞》微刊)

怀 想 椰 树

　　一棵树、一座城、一座岛，可都有着一个相同的名字——椰。椰树、椰城、椰岛，到底是谁最先以一棵树的名字命名了一座城、一座岛？而且丝毫也不显得重复累赘，还一个比一个俊逸生动。

　　而最先让我心潮澎湃的，却是被称作椰岛的海南岛。20 世纪 80 年代末，在改革开放的东风吹拂下，海南建省设经济特区，蔚为壮观的数十万人才下海南，造就了一个当时最激荡人心的词语——下海。一时之间，原本偏僻蛮荒的海南岛，这个曾被北宋大文豪苏轼视为自己生命尽头的流放之所，变成了许多自视甚高、不甘现状的下海人的逐梦之地。二十二年前的那个早春，年轻气盛的我从内地一家县办国营工厂停薪留职，背起行囊孤身前往海南下海。

　　那是我第一次出如此远门，至今我仍依稀记得，是在一个黉夜从海安乘坐上海轮，直到第二天早晨七点左右才抵达被称为椰城的海口市。海轮颠簸所导致的眩晕，长时间见不到海岸的忐忑，当我一踏上岛屿陆地，就立刻烟消云散。走在海口的大街上，空气澄明，清风拂面，一切都似早晨清新美好，此前仅在画册图片中见过的椰树就在身旁。不知道为什么，从看到椰树的第一眼起，我便从内心喜欢上了它，颀长的身材，不蔓不枝，简洁的树冠，不骄不纵，翠绿的果实，不圆不滑，既像性格直爽的陌生人，又像热情洋溢的迎宾，在向每一位新来乍到者颔首致意。

　　尽管在我国台湾地区高山族的民间传说中，椰树是由一个叫椰子的姑娘为拯救缺水之苦的族人而化身变成，但在海南的椰树身上，我却没有感受到丝毫的悲情与沉重。海南的椰树给我留下的第一印象是用诙谐书写的改革开放。当时，一则以椰树为题材的笑话广为流传，说的是从海口街头一棵椰树上落下一颗椰子，同时砸中了三个人的头，其中有二个就是老总。由此不难想象,当时海南改革开放的舞台之广,怀揣梦想下海的弄潮者之众,自主创业创新的氛围之浓。尽管我的那次下海之旅并不完美,在呛了大约一年的海水之后,骨子里仍然抱残守缺的我最终选择了洄游上岸,但我至今仍把此段经历当作人生不可多得的财富——不下海,不知道海水的苦咸;不试过,不清楚自己究竟有几斤几两。

我在海南的生活轨迹从未离开海口,刚开始是在市郊农场里的一家玩具厂从事管理,后在市区一家食品公司跑销售业务。然而,工厂昼夜赶货的辛苦,跑业务日晒雨淋的奔波,都没为我赢得梦想的收获,反而加重了郁郁不得志的感伤。

于是,在栖身的农场,在皓月当空的深夜,我会久久地踟蹰于椰树下,直到有风顺着椰树如梳似篦的枝条吹过来,将我内心凌乱的思绪梳理得如夜空一样明净。每当心头燠热难耐之时,我就格外渴望能亲手摘下一颗椰子,尽情啜饮里面甘甜的椰水,但又恨自己不具备海南十八怪之一——八十岁的阿婆爬树比猴快的本领,于是只能朝着一棵椰树狠踹几脚,运气好的时候会落下一二颗椰子,并且还不用剥皮开膛,从裂开的椰子就能直接吮吸到沁人心脾的椰汁。

在经常穿梭的海口市区,有时我会与朋友一道去当时唯一的五星级酒店——寰岛泰德大酒店,在享受完大胡子的印度门童的贵宾服务后,在酒店大堂就着一壶价格不菲的茶,一边谈笑风生至茶淡如水,一边谛听大厅中钢琴演奏的天籁。有时我也会避开喧嚣,一个人悄悄地去白沙门看海,去看海天相接的辽阔,去看后浪催前浪的恣肆,去看渔船向晚出海的勇毅,当然也会看到台风肆虐后的毁损。只有看过高档酒店周边高大俊朗的椰树,看过海岸边饱经风雨吹打我自岿然不动的椰树,才会彻悟原来椰树不只是作为阳光、大海、沙滩和美人的陪衬之物,它还能用自身的勇毅坚强,给人以心灵的启迪和精神的力量。

椰树、椰城、椰岛,因为一段下海的经历,所以至今让我难忘。椰岛让我心动,椰城让我神伤,只有椰树最让我怀想。

(2017 年 4 月 26 日《海南文苑》椰颂征文)

镜里镜外话辛夷

　　"明日去看老相好，她的名字叫辛夷。"在怀宁作家走进美丽乡村主题实践活动举办的前夜，作家何诚斌在怀宁写作者微信朋友圈里，迫不及待地晒出了这句戏言。辛夷是望春花的别名，望春花又名木笔、玉兰花，是怀宁的县花。第二天要去的美丽乡村是怀宁县石镜乡邓林村，其境内的海螺山盛产望春花，自明清就已经中外驰名，如今已建成数量高达 10 万株的望春花基地。从何诚斌写过的文章发现，他对海螺望春花的了解与感受颇深，而我枉为石镜乡邻，与海螺望春花竟然素昧平生。

　　我的老家黄墩镇与石镜乡接壤，仅隔 318 国道独秀山脚下的一道大岭，当地人称"蛇脊岭"。在 318 国道还是一条窄窄的马路时，又弯又陡的蛇脊岭，名字十分形象，但在道路历经数次改造之后，现在早已名不副实。其实，改变的又何止蛇脊岭，黄墩早已抠掉了黏人的黄泥巴，而石镜赖以得名的那面石头镜子，也因开山采石被炸得荡然无存，历史上曾为怀宁十二景之一的"石镜涵空"，只能到历史的故纸堆里去追寻。

　　然而也正因为如此我才对辛夷充满无限遐想，才敢大胆地将它穿越成"对镜贴花黄"的古典女子，名字就叫心怡、心仪抑或辛姨，我甚至浮想联翩地想到了那个永垂家史的祖婆。那个祖婆并没有归葬老家的祖坟山，而是单独地葬在石镜一个叫马山的小山上。家族从未跨进过名门望族半步，想必那个祖婆也很平常，但她归葬的故事，却被一代接着一代流传至今。在随家族前辈到石镜做清明、上腊坟时，我曾经不止一次地听说，当时家族为她花大价钱买下了那块风水活地，她落葬的那天特别热闹，为招待前来烧香的邻近村民而置办的流水席，一时停不下来，差点就让经济捉襟见肘的家族闹出大笑话。家族与当地人的友好关系一直保持，每逢族人结伴前往祭扫，仍不忘另外带点小礼物，送给附近那户世代帮忙看坟的查姓人家。因此，在未弄清海螺山具体方位之前，我一直在臆想，那个祖婆的归葬之地是不是离海螺山很近？她生前一定如同山野里的辛夷般纯洁美丽，而且还特别爱照石镜山上那面照得见天上云彩的石头镜子。

当租用的中巴车在318国道石镜岭头向左拐向邓林村时，我才从穿越中回到现实，并发现两地背道而驰。邓林村村部处于海螺山冲的进口，考虑到村道通行条件有限，也是为了便于观赏，中巴车就停在村部门前，余下的路全靠步走。此处十分僻静，氤氲着一派早春的田园风光，在村道两边以及或远或近的山上，都能见到零散的望春花树。在光秃秃的树上，缀着数不清的花朵，有的含苞待放，有的争相怒放。绽放的花朵色彩多为纯白，少许白里杂丝绛紫，就如同一个白璧无瑕，一个暗藏几丝美丽的心事，但均不施粉黛的古朴女子，在冬未至、春未来之际，情怀毕露地等待追风而至的翩翩男子。

沿途，不时遇见利用双休日前来观花的县内外游人。大家都忙着拍照、发微信，与我一样满怀期待能在下一站看到成片的望春花林。不过，期待总是成空，答案却在不经意间找到。在一户农家门前，全家男女老少正在太阳下翻拣采摘下来的望春花骨朵（辛夷）。听他们讲，辛夷是一种中药材，能治疗鼻炎、头痛等疾病，以前能卖大价钱，收购的渠道也多，不过后来慢慢地收购的少了，越来越卖不上价钱。所以，望春花树栽的就少了，前些年大树还被卖掉不少。

尽管满树的花很壮观，但树不成林，无法给人强烈的视觉冲击，没有盛大得令人震撼的场面，我和同伴们观花时都有相同的感受。既然辛夷传统的药用价值不被待见，那么一直兴而不衰的观光旅游价值，是不是可以进一步开发利用？其实，这样的诘问纯属多余，因为从沿途被挂牌保护、树龄高达三四百年的望春花树，到成片的望春花幼林，到专门制作的观花指示牌，再到在山路上奔忙的县乡干部，都能感觉到当地已经在行动。

既要金山银山，又要绿水青山。美丽乡村建设重在提高乡村品位。历史是一面镜子。镜里的"石镜涵空""海螺望春"，让石镜充满厚重的品位，但在社会发展的过程中，"石镜涵空"已成缺憾，所幸的是"海螺望春"无伤大雅，还是大有可为的名品。今天是明天的历史。镜外的人们无论如何都不能让"海螺望春"再成明天的缺憾，最好能在造福石镜人民的同时，让辛夷成为社会大众的相好。让我感到欣慰的是，就连那些几百年的老树，虽然有的树身开裂，有的半身枯萎，但它们都仍在努力地开花，仿佛在迎迓着又一个春天的来临。

（2017年3月14日发表于《今日怀宁》）

看　大　海

　　尽管后来我在海口市找到了一份固定工作，每天早晚都会骑着自行车，穿梭于洋溢着椰风海韵的滨海大道，眼光惊鸿般地掠见港口码头汊弯中的潮起潮落，但它并不符合一个下海人的真实想法，况且想看大海海口也不是最佳去处，人们来海南似乎更喜欢去天涯海角。从工作单位停薪留职下海的我，显然不属于既有钱又有闲的那类人，可我一直渴望去看大海，甚至觉得个人的阅历和精神，必须掺入海水的盐分才算完整。在海南打工的 1995 年，我曾经三次抵近看大海，但时间都在找到工作之前。

　　第一次看大海，似乎有些被动。1995 年早春，经过一路长途跋涉，我于一个黉夜独自乘上从海安至海口的海轮。海轮在海上不停颠簸，不断加剧着我内心的忐忑，感觉心在上下浮沉，总是找不到落脚点，似乎预示了我此行的前程未卜。海轮客舱内的彩电连续播放着充满亚热带情调的 MTV 歌曲，丝毫不曾顾及我此时此刻的心情，也丝毫不能减轻连日来的疲惫。船舱里呕吐声此起彼伏，从不晕车的我也开始有些晕，看灯光似乎有些飘忽不定。也不知晕了多久，突然有人欢呼："看，大海！"从海安登海轮时起，因为是在夜间，除了能嗅到海风的腥味，对素昧平生的大海，我还是茫然无知。我的座位正好靠近舷窗，尽管有海水不时被抛落在窗玻璃上，但透过窗还是依稀可见微光下的大海。大海无边无垠，海水像黑土地被海轮犁开，见不到灯光、建筑、堤岸和树木等参照物，大海与江河湖泊的区别顷刻显现，让人感到只有身临其境，才能体会真正的沧海一粟。

　　第二次看大海，是在我四处找工作的间隙。我偶然来到海甸岛白沙门，一个地名很富有诗意的地方。在一条通往海边街道的尽头，矗立着一幢红色门状建筑，从门进去一直往里走，穿过堆有建筑垃圾的海田，最终到达搭有彩色遮阳篷和配备有淡水淋浴房的沙滩。沙滩上游客不多，旅游市场开发不够，几年前经济过热留下的灰烬一览无余。我穿着鞋走在边上残留泡沫的海滩，近处的海水有些发浑，不过在海水的反复磨洗下，岸边的沙子有些发白，小贝壳和海螺随处可见。我拾起一片扇贝，舀起少许海水入口，味道真如歌唱的那样又苦又咸。第一次面对魂牵梦绕的大海，辽阔无边的海平面，让我真切地感受到海天相接。大海的尽头是蓝蓝的天，远海的大小船只像一个个黑点，一艘巨轮泊在海天相接之处，犹如一幅画被挂在海天之间。大海强烈的吐纳让人震撼，海浪锲而不舍地吻着海岸，一浪还未完全退下，一浪又急遽而至，搓起晶莹如雪的浪花，在海面上飞舞轻灵如燕。突然之间，我把浪花想象成了大海的儿女，在母爱的宽阔怀抱里，尽情挥洒童稚与天真。此时看大海，我心里竟然只有大海，丝毫没有工作还未找到的焦虑。

第三次看大海，是在一场台风肆虐海口之后的一个傍晚。离我暂住的珠江广场不远，有一座名叫万绿园的公园，公园环绕大海一角，正在建设阶段，可以随意出入。靠海有一条为护岸而修筑的水泥路。在路旁与公园内，台风造成的破坏随处可见，水泥路有几处不同程度的坍塌。我从坍塌处下到海边，此时的大海显得十分平静，出海捕鱼的大小渔船，在渐起的夜色中驶离岸边，尤其是一只小划子像箭一般驶向深海，让我对赶海感触良久。在浅海处，我看到一棵棵低矮的红树，被采取了固定保护措施，被一排一排往深海栽植。海浪一起一伏，劈头盖脸地蹂躏红树，即使台风带来的磨难，也没有让其屈服，简直就是苦水中泡大的孩子！但在不久的将来，它们就能成为从荧屏上看到的风景名胜红树林，高大成片的红树林曲径通幽，将大海的凶狠咆哮阻隔在外，让游船如同穿行在神秘莫测的芦苇荡，一种植物的力量尚能如此坚强，为什么人在物质面前却轻易地膜拜跪倒？

也许三次看大海的经历并不算多，但在忙于工作之后，我就没有再去看大海，哪怕只是在海边逗留几分钟。其实，大海是看不尽的，也是写不完的，"海碰子"作家邓刚笔下是迷人的海，大文豪海明威笔下是检阅人类最原始生存意志的海。大海无言，像参不透的禅，又好像无处不在，天才诗人海子的家乡根本没有大海，我把对大海的理解，发表在一首纪念海子的诗中——"跨过故乡春天的码头/就是大海/闪电牵引来雷/也炸不开平庸"。我希望，所有选择远行的孩子，都应该能从中得到理解，因为只要你们活着，就根本无法回避，就要随时准备面对波涛汹涌的时代大海。

空手捉大鱼

　　我十六岁那年夏天的一个下午，家附近几个屋场的人们都到一个叫"朱塘"的大塘闹塘。闹塘，就是大家一齐下塘捉鱼，这在当时的农村很常见。夏天久旱少雨，池塘里的水越来越浅，不安分的鱼儿乱窜，让人在岸边看得心直痒，集体失控下塘捉鱼也就在所难免。

　　朱塘是我家所在屋场和我外婆家所在屋场的公塘。听父辈们说，它原是中间共埂、分属两个屋场的两个池塘，我家屋场的池塘很大，我外婆家屋场的池塘较小，战争时期有一架飞机丢下一枚炸弹，正好将共埂炸毁，两个池塘因而合二为一。经过协商，朱塘的渔利从此按二八开，我家屋场占八，外婆家屋场占二。并且，朱塘的水利还不止如此，附近一个屋场也有部分农田占有水利。因此，当天朱塘闹塘，足足吸引来自三个屋场的一百多号人。

　　朱塘很深，史上只干涸过几次，它特别旺鱼，大集体时每年冬天都能从朱塘捕上来好多过年鱼。因此，一听说朱塘闹塘，几乎倾巢出动的人们把家里只要能用来捉鱼的工具都带上了，篾罩、鸡笼、推网、扒网、箩筐、柴篓、筲箕、粪箕等数不胜数。虽然朱塘里的水最深处还有一米多，但前来闹塘的人们已顾不上许多，手持捉鱼工具四处奋力出击。

　　朱塘里的鱼确实很多，青草鲢鳙、鲤鱼、鲇鱼、鳡鱼、鳝鱼、虾子、螃蟹，应有尽有。经过一百多号人反复闹腾，朱塘里的水逐渐变得浑浊不堪，鱼儿开始泛头。刚开始，我手持推网专瞅着泛头的鱼儿下手，可那些鱼儿还很精神，往往进了网又飞跃而出。看见我半天都没捉到什么大鱼，我父亲一把就将我的推网夺了过去。于是，我只好空着双手捉泛头的鱼儿，一时收获甚微。

　　有那么一阵子，闹塘的人们像发了疯似地一起朝某一个方向扑去，毫无疑问是那里发现了大鱼。跟不上趟的我游走在塘中间，还是不死心地空手捉泛头的鱼。突然，我发现身右侧有硕大的鱼背浮出水面。这该是多大的鱼啊！我仿佛都能听见小心脏在怦怦地跳动。我不动声色地用手臂挽住鱼身，然后将右手伸进鱼鳃将鱼捉住。令人惊奇的是，那鱼竟无丝毫反抗，也许是被篾罩、柴篓等捉鱼工具给砸晕了。在水中将鱼拖往岸边时，我高喊外婆家的大表弟拿推网过来帮忙。人们看见我逮到了大鱼，纷纷向我围拢，手拿渔具严阵以待，当时他们是多么希望大鱼能从我手中逃脱。但事与愿违，大鱼非常配合地被我拖上了岸。

那是一条草鱼，岸上负责捡鱼的外婆家的小表弟也不管三七二十一，将比他短不了一点的草鱼拖回了家。那时，我外婆尚健在，我家也不好意思说什么。闹塘结束后，舅舅叫我拿篮子到他家分鱼。那条草鱼打理后净重十六斤半，毛重估计有二十多斤，我家分得八斤半。

那天闹塘也是奇怪，我空手捉到的草鱼是最大的一条，还有一条毛重近二十斤的草鱼，是被一个中年妇女用粪箕在浅滩捉获。在闹塘混乱不堪的局面下，即使你拥有最好的渔具，也未必就能捉到最大的鱼，莫非真如俗话所言"鱼上四两各有主"？非也，试想一下，如果我在推网被夺之后，就放弃了貌似徒劳的努力，还能空手捉到那条最大的鱼吗？

（2020 年 12 月 10 日发表于《今日怀宁》）

两次截然不同的旅游

2010 年，我获得了两次外出旅游的机会。第一次是单位于七月初组织的上海世博三日游，费用全部由单位埋单。第二次是县作家协会于十一月下旬的一个周末组织的江南二日游，费用由参加的会员与作协分摊。非常巧合的是，两次旅游业务均由县城同一家旅行社承接，带团的都是同一个男导游。两次旅游让我获得的是截然不同的感受。

上海世博三日游，第一天游梦里水乡周庄，第二天游上海世博园区，第三天游东方明珠塔。游周庄时，细雨霏霏，意境朦胧，非常容易让游客怀想起江南旧梦，但美中不足的是游人太多，商业营销的氛围过浓。据介绍，平时周庄一天最多能接待五千名游客，但在上海世博游带动下，它每天接待的游客增长了近十倍。狭窄且水体富营养化的小河里，乌篷船几乎首尾相接，行动相当迟缓；古老逼仄的沿河街道，商铺林立，游客摩肩接踵，油腻的"万三蹄"触目可见，所有这些让游客已没足够的时间和空间，去领略古典气派的沈厅和张厅，去欣赏两座在著名画家陈逸飞油画佳作中出现的石拱桥，去谛听从乌篷船船头飘出的吴歌侬语。

"城市让生活更美好"，我觉得正确答案应该在游完上海世博园区后给出。游世博园时，天刚下过小雨，气温不是很高，中国国家馆不接受当天排队的游客，参观英、美、德等大一点的国家馆要排队三四个小时，对此因为道听途说了不少，所以我参观的都是一些小国家馆和联合馆。在排队进入巴西馆时，如果不是排队专区喷淋水雾降温，身强力壮的我都觉得难以支撑。游世博园，虽然可以鉴赏到世界各地构思奇特的建筑艺术，见识到应用广泛的现代高科技，领略到五彩斑斓的风土人情，但长时间的排队等候和高温下的疲惫奔波，叫谁也无法长久地保持高昂的游兴。游东方明珠塔，我惊讶于登塔电梯的速度，害怕于透过脚下玻璃栈道俯视的地面景象，感叹于上海建设国际大都市的伟大成就。

世博三日游，天气溽热，吃住不好，玩得很累，我怎么都觉得好像被人为裹挟着，是在配合着去完成一项紧迫的工作任务。

江南二日游，第一天游牯牛降国家地质森林公园和怪潭，第二天游百丈崖和大王洞。所游景点分布在祁门、石台两县和贵池区，而这些地方被我们习惯地称为江南。

游江南，春夏才是最好的时节。而我们此行已是冬季，好在天不冷不热。虽然我们难得亲近姹紫嫣红，深吮兰麝之香，一睹飞瀑磅礴，但也因此避开了旅游高峰。消瘦的山水，回归自然本质；旅程恬静，更让人自由自在。

牯牛降形似一头公牛，我们当天游的是身处祁门县的"牛头"。"三分景观，七分想象"，随后上车的当地青年女导游告诉我们。游在冬天，的确不能没有想象。观音堂景区位于公园起步区，景点和接待设施不少，在旅游旺季应该非常热闹。摇晃着穿过铺设于碧绿湖水上的木制浮桥，立于其尽头的观瀑台，面前的千尺瀑虽然因为水枯而尽失雄伟气势，但其轰鸣声犹徘徊在耳际。回首湖对岸因淡季而歇业的苗家风情园，仿佛仍有婀娜的苗家少女在娇羞地迎迓出入的"新郎"。登山路全部由木板铺就，人走在上面特别舒服。钻树丛，绕峭壁，攀陡坡，过峡谷，我们二十多个凡夫俗子最终到达的是小仙人和大仙人聚会的场所。沿途的景观虽然留有少许人工印痕，但大自然的神奇力量实在功不可没。途中，我不止一次仰望天空，冬天的阳光穿过茂林修竹，光影斑驳，仿佛置身于电影《十面埋伏》的某个场景。

怪潭之怪，不在于野生动物标本展示馆，不在于屹立于河中间的那三块石台县赖以得名的奇石，而在于那离河很近、长年一汪浑水的深潭，在于稳坐钓鱼台的姜太公惩罚作恶多端的八胞胎和普度善良小九妹的民间传说。

百丈崖是深山探险的所在，考验人的力量与勇气。有些同伴因而选择了歇息，但后来他们又对为数不多的登临者背靠崖壁与残存的瀑布合影羡慕不已。

大王洞在贵池境内，碳酸岩溶洞前后贯通。我们沿着贯穿其间的地下河岸边行走，或直立，或低头，或佝偻。借着洞内的观景灯光，满目尽是大小不一的钟乳石，有的甚至还正在形成之中。钟乳石形态各异，像山峰，像神话里的场景人物，像动植物，像器皿，像人体的某些特殊部位，直叫人不得不佩服大自然的鬼斧神工。令人称奇的是水声。经过仔细观察，我发现踪迹忽隐忽现的河水流量其实很小，但水声却充满着无穷的变数。它有时轰鸣，有时潺潺，有时呜咽，有时低吟，有那么一阵竟然悄无声息，让人疑惑是否还别有洞天。

　　江南二日游是县作协组织部分会员参加的一次外出采风活动。我是第一次参加县作协组织的集体活动，在写作圈子里也很少走动。不过，这次旅游活动，让我觉得真是不虚此行，山水野趣玩得开心，农家乐饭菜吃得舒心。夜宿秋浦渔村，熊熊燃烧的篝火旁，文友之间的交流更是推心置腹。我因此认识许多久闻其名不识其人的作家和写手。其中，最让我钦佩的有两位，一位是职业写家 H，他一家三口的生活开销有很大一部分依赖于他的写作收入；另一位是目前在县工业园打工，但仍笔耕不辍的 C，工资收入不高，而且一个月仅有宝贵的两天假期。他们对人生的淡定，对文学的执着，以及所取得的建树，让我深受感动，灰暗的内心仿佛被秋浦渔村的篝火照亮，灵魂也像经过行程中经常迎面却没有亲近的"中国最美河流"秋浦河的洗礼，开始变得瑰丽洁净。

龙池寻梦

"龙池虽小山深，香尖初露茶韵。偷得半日清闲，会友问道寻梦"。从怀宁县清河乡龙池村参加完县作家协会组织开展的"千年龙池韵，百年古茶香"主题文学采风活动后，我于当天下午就发了一条朋友圈，胡诌了文首的打油诗，满格配发了活动照片。

令我没想到的是，竟然引来很多朋友点赞。其中，一位高中同学竟将我的此举掘升到了"诗与远方"的高度。我给其回复："长时间上班，都快憋坏了。恐怕余生只有苟且了，哪还有诗和远方？"说起来也许很多人都不会相信，从春节前半个月起，止于参加活动当天，因为单位工作关系，我没有休过一天假，连春节假期都在上班。长时间上班让我都快抑郁了，为了能参加此次活动，不违反单位规定的双休日安排二分之一人员值班的要求，我特地找本部门同事对值班进行了调剂。

与众文友相会于地处山区的龙池村，呼吸着富含负氧离子的清新空气，目睹人与自然和谐相处的美景，倾听龙池村党支部书记、"龙池香尖"国家地理标志保护产品创始人、高级农艺师、村小退休教师关于龙池茶叶发展历程、种植制作工艺、创立"龙池香尖"品牌、振兴村级集体经济的讲解与介绍，品尝着农家饭菜的美味，我感觉心情无比愉悦，不由自主地发出"出去一走，天地两宽"的感慨。

龙池村地处清河乡与洪铺镇、江镇镇的交界处，与我老家黄墩镇仅有一山之隔，山多田地稀少，村民生活不易。不仅在过去，还是在将来，茶叶都发挥着极其重要的作用，我对此深有感触。在我小时候，黄墩不仅种植茶叶，而且还初具规模。国营怀宁县茶场就在离我家一里多地的独秀山脚下，在傍山而过的月石公路（现318国道）旁边，不太高的石头墙将茶园圈起，五百余亩，条块分割，连成一片，蔚为壮观。茶场场部就建在茶园深处，门前有一条较宽的砂石路，从茶园中穿过连通公路。当时，对我来说，茶场不啻一处神圣的所在，那里不仅种育茶树，收称新鲜茶草，制作茶叶产品，而且还能让我卖掉捉来的泥鳅、黄鳝和老鳖，那时的黄墩像茶场那样好的单位屈指可数。

那时每年茶季，我都能在外婆家见到来茶场摘茶的小姨家表姐。小姨父长年生病，家庭生活特别困难，家中共有三女一儿，表姐是老大，比我大一岁，她的两个妹妹都只能给人抱养。因小姨家离茶场路远，每年为了摘茶方便，表姐都来离茶场也只有一里多地的外婆家，吃住都是由外婆家提供，摘茶钱全部拿回家贴补家用。如今，表姐已过知天命之年，做奶奶都有好几年了，生活得十分幸福美满。我突然想，表姐还会不会在哪一天像我现在一样想起从前，想起那段帮助她家度过艰难时光的摘茶经历，还会感恩血浓于水的亲情和温馨备至的呵护？

在坐着聆听高级农艺师的讲解时，我问了他一个县茶场为什么会消失的问题。他告诉我，在计划经济时期，茶叶统产统销，很少讲究质量，根本不愁销路，进入市场经济时期，人们对茶叶质量的要求越来越高，像县茶场的"大路货"茶叶就没有了销路，加上没有及时创新，就只有被市场淘汰。而有着悠久种茶制茶历史的龙池村敏锐地抓住了机遇，找对了新品种、新工艺和新品牌的发展思路，相继研发出绿茶、红茶、黄茶产品，创立了"龙池香尖"著名品牌，并紧跟社会形势发展，积极招商引资，在巩固拓展线下销售的同时，开展网上直播带货，不断呈现出良好的发展势头。据龙池村党支部书记介绍，去年该村以茶叶文旅为主的集体经济收入已达一百余万元。

此行唯一的美中不足，是我们去的不是时候，茶树才冒出新芽，没看到摘茶和制茶。不过，这对我无关紧要，因为小时候我不仅亲手摘过茶，而且还不止一次目睹过自家制茶。那时，我家靠山边的地坝上也栽有几棵茶树，每年也能摘下一些鲜叶。当时我家制茶通常是在吃过晚饭后，制茶的主要工具就是灶台上的大铁锅，炒茶时厨房里弥漫着的草木烟火味，很快就会被四溢的新茶香味完全盖住。我家一次顶多能制成几两新茶，很快就会被装进废弃的茶瓶胆内，用包着木炭的大表纸封口保存，等到家里办大事或过年时才喝，平时能喝到用买来的茶叶末子煨的茶就很不错了。不过，也有例外的时候，如果家里谁出现了嗝馊、拉肚子等毛病，母亲就会端来一碗用自家茶叶煎熬成的又浓又苦的茶让其喝下，实践证明它确实是一味非常管用的土药方。记得有一年，年逾古稀的奶奶的背上害了一个农村俗称"搭手"的恶疮，已经大面积腐烂化脓，可奶奶舍不得花钱，死活不去医院治疗，只准家里人用鱼腥草、干荷叶为其贴敷，而用来给恶疮清洗消毒的，居然是隔夜的剩茶。茶叶的以上另类功能，现在已很少被人使用，也很少为人所知，所以我至今都特别佩服父母辈以上的农村人，他们几乎无所不能，他们被贫困所激发出来的创造力，有许多已经失传，时间一长就成了旧梦。

目前，龙池村茶叶种植面积已近三千亩，步行登上龙池尖，看见山上还有茶园在建。在下山途中，我与几个文友边走边谈，都认为有的闲置山上还能扩大种植，因为只有形成规模，才会产生茶乡效应。我从小就对茶乡印象良好，当时家住公路边，每年茶季，我都能看见三五成群、正值芳华的村姑从公路乘车，前往家乡人泛称的江南去摘茶。在摘茶结束回家下车时，她们会带回很多散发着松树香的上好木材，那可是她们为自己准备打嫁妆的。家乡的大姑娘去江南摘茶，大多与婚嫁、与幸福密切相关，那时候还有什么比江南茶乡给我留下的印象更加美好？

以春之信，寻茶之旅。人生如梦，我的茶叶往事如梦。在龙池古庵前，目睹不到半亩的千年龙池，我不免惊奇发问。得到的答复是："不要看它很小，可从来没干涸过。"山高水高，千年龙池是有源泉的。所梦源自所见所思，我对茶叶的美好印象是有源泉的。同理，人民群众的幸福生活也是有源泉的。千百年来，茶叶又何尝不是龙池人梦之所系。我真诚地希望龙池村锚定目标，继续做大做强茶叶产业，早日成为闻名遐迩的茶乡，实现乡村振兴的宏伟梦想。

麦黄鸟的叫声

阿公阿婆，割麦插禾。当丘陵旱地里的小麦趋近成熟，揭掉农膜后的早稻秧苗即将拔插之时，在皖江北岸皱褶别致的山水间，麦黄鸟带有韵律的鸣叫便会不停响起。当然，今年也不例外。尽管天地间阴雨绵绵，但麦黄鸟并没有受到连续阴雨天气的影响，还是一如既往、不知疲倦、脆嘣嘣地叫着，甚至忘记了白天和黑夜。有那么几天雨夜，麦黄鸟的鸣叫，彻夜敲打着我若有若无的睡眠，似乎在锲而不舍地想告诉我一些东西。

因为是雨夜，我又躺在黑暗中的床上，用眼睛是无法看了，只能全靠耳朵听，好在住处有着难以觅获的宁静。而在搬迁中的老县城，如此宁静也只有城东的猫山才会有。漆黑的雨夜，在停产多年、职工散尽的县酒厂生活区院内，一幢又旧又破的两层职工宿舍楼，二楼上仅住着包括我家在内的三户人家，无疑更加深了我对宁静的感知程度。

我也并不是刻意地去听麦黄鸟的夜鸣，无休无止的阴雨天气带来的苦恼，与内心对人生前途的焦虑纠结在一起，才是让我久久不能入睡的主要原因。夜来卧听风吹雨，我一边诗意地享受户外风吹雨打法梧树叶发出的沙沙声，一边又不得不惊骇于从相邻宿舍已开天窗的屋面掉落下来的大瓦砸在水泥楼板上的咕咚声。而让我久久不能释怀的，还是自己目前的处境，靠读书升学跳出农门，可参加工作没几年，所在的县酒厂就停产倒闭，彻头彻尾地变成了一个社会边缘人，让我不得不考虑怎样规划今后的人生，如何才能过上向往已久的不求安逸但求安定的生活。

我就这样听着想着，想着听着，不知不觉竟然无甚所想，完全进入了对麦黄鸟夜鸣的倾听中。阿公阿婆，割麦插禾，麦黄鸟的叫声是一声接着一声，一声不输给一声。在片刻的恍惚中，我仿佛回到了从前，回到了麦黄鸟的叫声响彻的村庄和田野。那大多在晴朗的白天，我爬上田埂举目四望，登上山岗耳听八方，不但没有见到一只麦黄鸟，而且也没有辨清有几只在哪儿鸣叫。不过，也不是毫无收获，我欣喜地发现，麦黄鸟的叫声一下子激活了蓄势待发的田野，大片泛着白色水光的水田很快披上一层秧绿，成熟了的小麦被收割后扎成捆，正被农民从小块旱地里肩挑背扛运回。此时，我突然觉得，麦黄鸟的叫声像一种充满提醒与督促农业生产的善意语言。

连续几个雨夜，在我听来，麦黄鸟的叫声一点都没变，现在的与从前的，雨天的与晴天的，白天的与黑夜的，仿佛都是一只难觅行踪的麦黄鸟在表演。它一开始隐身在皖河靠猫山一侧岸边的一棵树上，对着潜伏在猫山上的那只千年老猫叫了一阵，后来又转身对着正在汹涌涨水的皖河以及河岸下方灯火阑珊的老县城鸣叫。叫着叫着，在更深夜里的某个时间，它飞临我的住房前面一棵法梧树上继续鸣叫，在黎明时分又鸣叫着飞回到皖河岸边……

"鸟的叫声是天空的眼"，我突然记起一个本土诗人写过的一句诗。光明是黑暗的眼，晴天是雨天的眼，穿透夜幕与雨幕，飒然破空而至，麦黄鸟的叫声是让我忘掉黑暗与雨水的眼。它丝毫没有受到黑暗与雨水的粘连，像出淤泥而不染的莲，更像腾自黑暗深渊的闪电，干脆、爽净、响亮和有韵律的夜鸣，不仅赋予了静谧雨夜的祥和之美，而且让我感受到了雨夜紧缺的晴朗，就像雨水中盛开的油菜花以及臻于成熟的小麦，在用金黄色带给我渴望的光明。

连续几个雨夜，我不止一次地暗问自己，是不是第一次听见麦黄鸟的夜鸣？可是，一次又一次不能肯定。不过，最终有一点可以肯定，这是我第一次在用心倾听麦黄鸟的夜鸣。从前麦黄鸟鸣叫的夜晚，我都在无忧无虑地沉睡，而现在我的人生处境有了很大的改变，不变的仿佛也就只有麦黄鸟的夜鸣，乐观向上教人劝世般的咏叹调，像阳光一遍又一遍照亮我懊恼与不甘的心灵。

去 东 湖

1995 年，在海南打工期间，有近一个月时间，我每天都会在太阳升起的时候，从海口市珠江广场我大学同桌就职公司的宿舍步行去东湖，在太阳快要落山的时候，从东湖步行回珠江广场。在那段时间，去东湖差不多成了我每天生活的序曲。

其实，东湖是海口人民公园的一个组成部分。东湖的面积并不大，一条不足百米长的街道从湖中穿过，将其一分为二。当年，东湖虽无著名景点，但是很出名，而它之所以出名，并不在于湖本身，而在于湖中街道两侧自发形成的民间劳务市场，那里每天都聚集有很多找工作的打工人。

当年年初，大学毕业分配工作还没到两年的我，瞒着父母从皖江北岸的一家国营县酒厂停薪留职，孤身下海投奔在海口发展得不错的大学同桌。然而，正好赶上下海热潮的退潮期，又囿于所学的是食品发酵工程专业，所以我的求职之路并不顺利。在海南省人才交流中心和大小职业介绍所辗转了数日，于身上所带盘缠即将告罄之际，我慌不择路应聘进一家位于琼山的玩具厂。经过短短几个月，我就赢得了用"食品能吃，而木头不能吃"面试我的玩具厂老板的赏识，从一名车间普工升为主管，从工人集体大宿舍搬进有盥洗设施的管理员房间。同年 6 月，同桌帮我在海口联系了一份据说待遇优厚的工作，于是我婉言谢绝了玩具厂老板的再三挽留，辞职重返海口，暂住在珠江广场同桌供职的公司，并与他同住一间宿舍。

同桌为我联系的是一家港资船务公司，老总是他一个好朋友的哥哥。同桌带我与他那个好朋友见了面，递交上我的求职资料。之后，同桌又带我与他那个好朋友聚过几次，每次都说让我等着，公司装潢即将完毕。在等候工作的日子里，我不可能成天都待在同桌的宿舍，于是便选择了早出晚归闲逛，东湖又因此成了最佳的去处。

刚开始去东湖，我纯粹是想找一个人多的地方打发百无聊赖的时光，生活暂时还有辞职结算的工资保障，尽管工作悬而未决，但有那么一个盼头，所以我的心态十分平和。整日在东湖优哉闲哉地晃荡，有好几次我都被打工者视为来招工的老板。当年到东湖找工作的，天南地北都有，很容易碰见老乡。有次我就遇见一个皖北男，据他讲在家乡是一名小学老师，停薪留职来海口快两个月了，一直没找到工作，身上的钱也快用光了，每晚只能睡海口公园。那天，他感冒了，耷拉着脸坐在椰子树下。我见状有些同情，便问他为什么不回家。没想到他听后对我面露鄙夷之色，让我讨了一个很大的没趣。

早晨从珠江广场去东湖，黄昏从东湖回珠江广场，如此反复了大约半个月，船务公司工作仍未落实，碍于同桌的情面，我没有追问究竟。不过，此后去东湖，我的心态明显有了变化，觉得再继续这么等下去也不是事，必须重新开始寻找工作。此时，我才发现，在东湖找到一份合适的工作，并不是一件容易事。来东湖招工的用工档次和工资待遇都较低，然而即使这样，偶尔有一个老板来招工，马上也会被打工者围得水泄不通。

早晨满怀希望地从珠江广场去东湖，黄昏垂头丧气地从东湖回珠江广场，万丈霞光的旭日与光怪陆离的街灯，恰如其分地表达着我往返的心情。大约半个月后，我终于找到了一份包吃住拿业务提成的面包推销工作。当我从珠江广场同桌的宿舍搬出时，同桌不好意思地讪笑着说这样也好。虽然此后每天我必须踩着码放有高高食品箱的单车，风雨无阻地穿梭于海口的大街小巷，但自从有了这份工作，我就不再感觉寄人篱下，即使再苦再累，心里也很释然，长时间无所事事已经让我受够了。

将近三十年后，我将当年下海呛水的经历写出来，只是想与因当前大学生就业难而怨天尤人的人们共勉，怀念从前大学毕业包分配工作于事无补，我觉得，如果像我当年那样大学毕业被分配至一个濒临倒闭的地方国营企业，还不如让我拥有更多的机会去参与像当今社会这样众多的公平竞争。幸福都是奋斗出来的。随着新时代改革开放的深入推进，可以说没有任何一种工作可以让人一劳永逸，即使全民公考想进的体制内，也未必能够幸免。躺平只会是暂时的非常态，积极进取地创造财富，而不单纯坐享其成，才是正确的生活姿态。

（2024 年 1 月 4 日发表于《今日怀宁》）

去 独 山

　　父母去世归葬独山以后，每年的清明和腊月，我都会与兄妹相约去独山做清明上腊坟。至此，我突然觉得，这两件此前一直吊儿郎当对待的事情，已成为余生每年必须去完成的仪式。

　　独山不是山，而是养育了我二十多年的村庄陡坎坡的祖坟山。陡坎坡的四周，不是陡坎，就是高坡，不仅名字取得直截了当，而且有史以来人物式微。令人奇怪的是，它的祖坟山名字却取得意境格外高远，因与"西望如卓笔，北望如覆釜"的怀宁祖山独秀山仅距二余里，所以我猜为之取名的祖先大概是从独秀山受到了启发。

　　独山位于村庄西头，与住的离它最近的人家的围墙，仅隔一条下雨天才有水可淌的过水沟。独山共有坟茔近百座，主要集中于呈"Z"字形的两排，墓碑一律朝北。其中，仅我家就有将近十座。两排坟茔是一座紧挨着一座，垒起的坟头正好找平了与坟尾的地势落差，因而表面显得较为平整。村庄始祖的坟茔位于前排中间，几百年前从瓦屑坝一路迁徙的始祖，在凄风苦雨中陡起的一个驻足之念，决定了陡坎坡的诞生与繁衍。

　　独山面临一条东西流向的旱河。旱河为农业学大寨时开凿而成，是皖埠水库灌溉的专用渠道。旱河北堤下，是一方名叫"独塥"的池塘，从前为村庄的洗衣塘。与独塥共埂的，是一条发源于独秀山的小溪，它的北侧就是大片的水田。我对风水知之甚少，但听堪舆师和村里的老人说，独山形似梁上燕，风水非同凡响，这或许也是村庄祖坟大多聚葬于此的原因。

　　更加令人称奇的是，在我小时，两排坟茔表面铺满绊草根，密匝得就像草皮毯子。不知道是由于物质极端匮乏，还是因为无知无畏，本应阴森寂寥的独山，从前竟是村庄特别热闹的去处。那时，无论是大人，还是小孩，都觉得去独山是一件很稀松平常的事。做清明，上腊坟，要去独山；印制建房砌墙的泥砖，晾晒堆放早晚两季水稻稻草，夏夜集体纳凉唠嗑，冬日晾晒缝补被褥等等，还是要去独山；就连儿童嬉戏打闹，也喜欢去独山，在草皮毯子上打滚摔跤，对身体根本就造不成多大伤害。

最令人难忘的是，春夏之交，骤雨初歇，村里的小男孩们便会不约而同地来到独山，自动分成几拨，在那条过水沟里玩修水塘的游戏。他们一边炫耀自己的杰作，一边又寻思着去破坏别人的战果，哪怕是拼个两败俱伤，在上游修的那一拨往往会突然将塘坝挖开，突然下泻的洪水很快就将下游刚完工的水塘冲毁，于是双方乃至多方的吵架干仗往往因此发生。还有几个小男孩用小锄头在过水沟的沟壁挖俗称"狗屎泥"的黏土，用它制作车辆、枪械等泥巴玩具。可惜好景不长，小男孩们挖墙脚的举动，很快就招来了住得最近的那户人家干涉，由于害怕向家长告状，顽劣的小男孩们旋即一哄而散。

差不多与此同时，村里的小女孩们也会拎着竹箩筲箕来到独山，在绊草根缝隙中捡地皮菇回家当菜吃，有时还会挖到地金钩，剥去根部褐色的表皮，将白嫩的根肉放入口中，咀嚼起来是又脆又甜。不过很快，"水鬼离不开杨树蔸"，就像经常被大人们骂的那样，刚被驱散的小男孩们就会斯混到小女孩们中间，或嬉戏，或拌嘴，或哥伦布发现新大陆似的向西远眺，新雨后的天空无比澄明，连西边远处的天柱山都可望见，云遮雾绕的一柱擎天美景，总惹得他们一齐欢呼雀跃。

时代的变迁让乡村生活方式发生了巨变，曾经喧闹一时的独山回归应有的冷清，两排坟茔表面的绊草根不见了踪影，取而代之的是疯长的野草与杂树，茂密得已经让人无法插脚行走。如今，去独山，无论是去的人，还是去的次数，都越来越少，而且即使要去，也大都因为祭扫。父亲在中风瘫痪之前，每年清明和腊月，都会领我们去独山祭扫，在挑土回填沉陷下去的坟包、奋力清除野草杂树的同时，还会指着碑文磨灭或墓碑残缺的坟茔，不厌其烦地告诉我们葬的是哪一位先人。父亲对我们说，上辈带下辈做清明上腊坟，目的就是要让下辈记住先人。

六年前，母亲去世，葬在独山。去年，父亲去世，也葬在独山，就在母亲身旁。普通的村庄，平凡的人，再怎么卑微的祖先都一样被他们的后人敬重。也许，一个人的生与死，对于世界实在算不得什么，但对于他的亲人，不啻希望的开启与幻灭。不知道为什么，在为人父之后，我对生命的敬畏感愈发强烈，只要一去独山，内心的狂躁就会很快臻于平静。冥冥之中，我仿佛能听到生命流动的声响，惊悸就会于一下子从脚底涌上头顶，脑海中顿时会闪现出古老的"我是谁？从哪里来？到哪里去？"哲学之问。

"独山上一条黑板凳，哪个抢到哪个困"，是我小时村里大人让猜的自创谜语。尽管"棺材"这个阴森恐怖的谜底被揭开后，多少有些令人毛骨悚然，但从谜面却让人觉察不到半点恐惧。我发现，对于死亡，村里老人显得异常从容淡定。今年清明节，当我们兄妹正在独山祭扫父母的坟墓时，住得最近的那户人家九十多岁的老太太被人搀扶着走过来对我们说，你们的娘老子埋在这里真享福，我要是死了，也要埋在这里。

我还曾不止一次耳闻村里老人把自己将要死亡说成是去看独山。人生终有涯，在他们看来，去看独山，就像他们活在时看鸡鸭猪牛等牲畜、看田地庄稼和看护家门一样，独山仿佛就是他们人生的后花园。

（2019 年 7 月 1 日发表于《今日怀宁》）

县 酒 厂

与县酒厂有关的文章，我写的很少，而我在县酒厂时写的文章，却在报纸上发表了不少。我喝酒量很小，超过二两必吐无疑，而我却担任过县酒厂厂长。事实往往就是如此相悖，让自己都觉得有些搞笑。近日，一张登记表需填工作简历，我历数了从大学毕业分配工作后待过的单位：第一站县酒厂，第二站派出所，第三站交警大队。历时三十余年，过程如此简单。更搞笑的是，县酒厂竟然是我唯一的正式单位。

1993年7月，我三年制大专毕业，被派遣到县计委等待分配，所学专业为食品发酵工程，在托关系想分配进好一点的单位时，屡被以"学食品的，进县食品厂或县酒厂，专业最对口"为由推脱。在县计委安排由县经委负责分配后，就只有县食品厂和县酒厂两个单位可以选择，最后一次去县经委打听分配事宜，我问人事科负责人两个厂哪一个好些，他说都差不多，不过县酒厂正在准备上技改新项目，计划投资500万元生产吐纳麝香。我一听来劲了，就说把我分到县酒厂吧。没过多日，我就拿到县经委开的介绍信，兴冲冲地去县酒厂报到。

当时，石牌镇还是县城，县酒厂位于石牌镇猫山街69号，与主城区隔着石牌皖河大桥。在县酒厂大门口，东西走向的月石公路有一处下坡急弯，公路的北侧是厂办公区、生活区和知青门市部，南侧是原料库、酿酒车间、酒库等生产区。报到进厂后，我被安排住在两层职工宿舍楼的二楼，与一个比我早几年分配的中专生同住一间宿舍，两人住在宿舍的一前一后，正中间以睡觉的床为界，各自用电饭煲煮饭，烧煤油炉子做菜，在一起吃住了有一年多时间，在我停薪留职去海南打工的那年，他通过社会招考进了税务局。

那时，国家包分配工作的大中专毕业生都有干部身份，可以分配到行政事业单位，也可以分配到国营企业。县酒厂是国营企业，职工身份较为复杂，比现在的正式工与临时工分得还要细，从职工工资花名册上就可以见到等级分明。第一等是干部工，第二等是全民工，第三等是集体工，第四等是知青，第五等是长期临时合同工，最后一等是季节性临时工。只有前三等是正式工，端的是"铁饭碗"，每月定期由厂里发工资，而知青由知青门市部发工资，长期临时合同工和季节性临时工只有在开工生产时才发工资。

虽然我是干部工，但在初次定岗时，厂长叫来酿酒车间主任，安排我下车间跟班实习。我是农村贫苦家庭出身，上班前父母再三叮嘱，一定要听领导的话，服从工作安排，我基本做到了唯命是从，每天跟随车间工人倒班作业，弄得浑身尘灰肌肉酸痛，手都被大铁锹把磨出了血泡。好在厂里利用蒸馏酒的冷却水办有一个澡堂，下了班就可以免费洗一个澡，洗完澡换身干净衣服出门，外人根本看不出车间工作的不堪。酒厂澡堂也对外营业，票价比县城小澡堂便宜，洗澡的热水流量还要大些，所以每逢冬天，从四面八方慕名来洗澡的人满为患。

通过跟班实习，我发现厂里的酿酒工艺十分落后，发酵窖池是水泥质地，酿酒原料主要是山芋渣或碎米，发酵用的酒曲是酒精酵母，发酵周期只有四天，根本不可能酿出来好酒。然而即使如此，工人师傅们仍在沉湎于酒厂从前的辉煌，班组之间还在开展出酒率竞赛，内行人能看到的生存危机，因为还能从银行贷到款，所以暂时还没有爆发。

随着厂长被调到一个乡镇任副镇长，又调来一个新厂长。县里想效仿当时与五粮液酒厂合作得很成功的皖蜀春酒厂，与四川泸州市一家白酒厂搞联营。在前期举行的项目论证会上，我从所学专业的角度提出了反对意见，认为厂里的基酒质量太差，无论怎么勾兑，都无法生产出好酒。但我人微言轻，项目照常实施，从那家酒厂运来了几十吨白酒，并高薪聘请来三位白酒勾兑师傅，用碎米生产的粮食酒作基酒，大张旗鼓地鼓捣起联营产品"泸龙老窖"，可是用尽了扶持运作手段，均因质量不行没打开销路。厂里对此项目很重视，抽调我跟在勾兑师傅后面学习，使用厂里的基酒、拉来的原酒、买来的名酒和食用香精，混合勾兑出来的小样口感是不错，可一到大样生产环节，产品质量就一塌糊涂。在1995年年初，与在海南混得不错的大学同桌取得联系后，我态度坚决地从厂里停薪留职下海。

我下海被呛水后，于1997年又回到了酒厂，历经下海的磨难，少了些许年少轻狂，多了几分老成持重。我参加了当年安庆市首届国家公务员招考，报考"三不限"职位安庆市体制改革委员会，没怎么准备就通过了笔试，在面试中以微弱劣势折戟。此次考试以及平日舞文弄墨的战果，为我在紧随而至的国企股份制改革中加分不少，我被选举进入职工集资募股成立的独秀酒业有限责任公司董事会，在董事会选举中当选董事长，由于我坚决推辞，经改制领导小组协调，在重新进行的选举中，任副董事长兼办公室主任。新公司运作一年多后，因与销售负责人发生剧烈争吵，董事长愤而辞职，我又接任董事长。一阵风似的企业改制毫无成效，没过多久，公司被注销，重新改回县酒厂，我被县经委任命为厂长。

时至此时，县酒厂与县内绝大部分企业一样举步维艰，陷入了产品销不出去、工人上班没事干、工资难以按时发放的地步。1999 年，为减员增效，也是为职工生计着想，经县经委同意，我在厂里推行职工下岗分流。此举无异于捅了马蜂窝，甚至遭到了以前支持我的职工反对，猛地被砸饭碗，搁在当时谁也接受不了，虽然是大势所趋，但职工还是将愤怒一股脑地发泄到我身上。恰巧那年全省公开向社会招警，我通过了几乎所有招录程序，在报请批准入警的最后一关没有通过，最终功亏一篑。考警失败后，我主动辞职离开县酒厂，先是到派出所干协勤，随后将家搬出酒厂宿舍。几年后，因有写作特长被举荐到交警大队，从事以文字摄影为主的交通安全宣传教育工作。

每次来往经过县酒厂原址，我都会望上一眼想上一会儿。不错，县酒厂是我的伤心地，但毕竟也是我走上社会的首站，是我此生唯一的正式单位，让我在当时有一种如同现在体制内的感觉，一生中最美好的青春岁月都在此度过。如今，县酒厂早已不见踪影，路南侧已被连片开发成商住楼，路北侧被建成猫山社区党群活动服务中心，连猫山街也从石牌镇划给了平山镇。

椰 子 树 下

　　到海南打工之前，我就听说过一个诙谐的段子，说的是从海南街边一棵椰子树上掉下一只椰子，同时砸中树下三个人的头，其中就有二个老总。这个段子在揶揄海南经济炽热时期老总多如牛毛的同时，无形中也透露出椰子树下是人们最喜欢去的地方之一。

　　从攀行树木的猿进化到直立行走的人，有史以来的人类活动离不开树，最初建造房屋的构想，有很大可能就来自远祖对给予其无限恩泽的大树的思考。大树在为其抵御烈日、暴雨和风雪等自然灾害侵袭的同时，还赐予了他们衣服和食物。然而，房屋毕竟不能取代大树，如同大树不能成为房屋，房屋在提供周密安全的居住保障的同时，封闭的架构也限制了人们的活动自由，毕竟它只有一扇或几扇门可以进出。因此，在房屋里来回踱步，远不如到室外有树的地方走走，牛顿就是从树上掉下的一只苹果，最终发现了万有引力定律。多到树下走走，易于打开心胸和认知，通过思考获得人生智慧。

　　海南省是中国最大的椰子生产基地，被誉为"中国的椰子之乡"。海南省的椰子树种植面积占全国的百分之八十以上，因此海南岛被称为"椰岛"，省会海口市又被叫作"椰城"，公开统一展示的旅游宣传标语也是"椰风海韵醉游人"。椰子树高大修长，主干一杆冲天，直到顶部才有枝丫，枝叶简洁阔大，形状如梳似篦，显得清新俊朗。与其说它是一种果树，还不如说是一种风景树，在当地路旁、海边和农场等场所随处可见。翻看出版的书刊画册，也经常见到这样的画面——太阳、大海和沙滩，一棵俊逸的椰子树，如同一把遮阳伞撑向天空，树下或躺或坐着衣着清凉的俊男靓女，从树冠枝叶缝隙散射下来的阳光，被梳理成一缕缕金丝披在他们身上。

　　1995 年，我从濒临倒闭的工作单位停薪留职去海南打工，一年后铩羽而归的结局特别差强人意。可是，本已糟糕的人生际遇，叠加失败的下海经历，并没有让我灰心丧气，我觉得应该感谢椰子树。它对我好像有一种无形的亲和力，椰风如梳似篦的梳理，椰子内心汁水的清冽甘甜，让我渐渐消除浮躁恢复平静。长夏无冬，财富炙人，海南虽好，但为过客，因为心有不甘，我可以愤懑地说不喜欢海南，却不能违心地说不喜欢椰子树。

在海南打工的日子里，我白天奔波忙于生计，夜晚不管怎样都要到椰子树下走走。骤来骤去的暴风雨，将天空洗得无比澄明，脚下的红沙地藏不住水分，从远处吹过来的海风，悄悄地将白天的溽热拂尽。在这样的夜晚独自出外走走，能让人卸下人生的许多负重，在椰子树下抬头仰望夜空，星星更亮，月亮更圆，椰子树更有风情。

椰子生长在椰子树顶部枝丫处，一枝上抱团生长有五六个。成熟的椰子表皮绿色，外形近似球状，外表不显山不露水，其精华在于内心，用刀砍剥去厚实的椰壳，便能看到严密包裹着的椰核，坚硬的椰核内胆中是原汁原味的椰子水，椰核内胆壁上长满莹白的椰肉。椰子水很让我好奇，不知从何时又不知从何地进入，天然而又洁净，清爽而又解渴。

在椰子树下徘徊，头顶着树上的椰子，我惊讶于造物主无意中制造了一种巧合，椰子多像人生孜孜以求而难以收获的成功之果！我不禁默诵起故乡早夭的天才诗人海子的诗句——"一年一度李子打头/一直平常的我/如今更平常。"在现实生活中，每个胸怀梦想的人都想突破平常，但最终能梦想成真、超凡脱俗又有几人？

芸芸众生

拔不尽的眼睫毛

正如我乡下二嫂所言，谁只要帮大妈拔过一次眼睫毛，就会被她盯住不放。每逢双休日，只要我从城里回到老家，大妈都会找上门来，名义上是来探望我中风瘫痪的父亲，实际上是想让我再为她拔眼睫毛。

大妈见到我，总是先如此奉承：四伢，又回来看你伯呀；你这伢真孝心，每个礼拜天都回来；对你伯，你们兄弟几个都没得话讲；哎哟，你伯要不是得了这苦毛病，哪不是有福的人呐。随后，她就开始泪眼婆娑地絮叨：要说都是人生父母养的，怎么我家几个种就像有娘老子养无娘老子教的呀，生怕沾着我和你大伯的边；哎哟，我和你大伯两个老树桩么会子才得死，死着还享福些。

尽管大妈大伯都已经八十出头，但他们还是自己照顾自己，他们的三个儿子举家常年在外，只有等到过年才回家住几天，平日即使老人生病，也只会派一二个人回来服侍，等病好了又走。因此，我双休日回家看望父亲，有时也会去看看他们，于是就有了第一次为大妈拔眼睫毛的经历。

那天，大妈和大伯坐在他们二儿子家屋檐下晒太阳。刚和他们打过招呼，大妈突然对我说："四伢，你帮大妈一个忙。"话刚说完，她就从衣袋里掏出一团手绢，从中取出一只细小的镊子递给我说："四伢，你做做好事，帮大妈拔拔眼睫毛，几天不拔它，我眼睛就像被鬼影子挡着，一点都看不清。"

我顿时感到手足无措，因为我还不知道世上还有如此对待眼睫毛的方式。大妈见状接着央求我："好四伢，你就帮帮大妈。"

实在无法拒绝，我只能按照大妈的指导，用左手指撑开她的眼睑，右手拿着镊子小心翼翼地为她拔眼睫毛。在此过程中，大妈好像能随时拿捏进度，好几次在我觉得已经拔好的时候，她都让我再拔仔细一点。

费了好长时间，才达到大妈的要求。当我把镊子交还给大妈时，她万分感激地对我说："嗯，还是我四伢对大妈真心，我那些古怪的侄媳妇，现在都不帮我拔了，见到我都躲着。四伢，你帮大妈，我心里有数，我死后一定会保佑你！"

帮大妈拔过一次眼睫毛，我就能理解乡下的嫂子们为什么要躲，因为此举比干一件体力活好不到哪里去，而且大妈一直絮絮叨叨的，身上的气味也不是那么好闻。

与大妈坐在一条板凳上的大伯心知肚明，于是就劝大妈："你要麻烦伢们做么事！眼睛看不到就看不到唠，整天就在家门口，也不到哪里去。"

大妈听后怒怼大伯："你这个老死尸，就是巴不得我看不到，我看不到，你就好到处搅骚。"

被怼后，大伯只得长叹："哼——，世上天天死人，就死不到我俩头上，狗畜生扯谎，我真情愿早点去死。"

大妈仍然不依不饶："要死你就去死，我还想多看看几天世面。"

眼见两位老人争吵起来，我赶紧规劝。息事宁人后，大妈见我离开，就跟在后面喊："四伢，莫来怕着，回家就来帮帮大妈。"

回到家，二嫂问我："大妈是不是叫你给她拔眼睫毛了？"

我说："是的。"

二嫂说："以后够你拔的。"接着又问，"大妈和大伯是不是又吵起来了？"

我反问："你怎么知道？"

二嫂说："哪次不是这样！大妈也是的，都这么大岁数了，还到处说大伯和村西头的枝大妈好。枝大妈的儿女在市里都有头有脸，早就对大妈不满，也跟大妈几个儿子讲过几次了。可大妈总不听劝，还是那样说。我们哪是不帮她拔眼睫毛，是怕招惹是非。"

听后，我恍然大悟。随后，也就很少主动上门去看大妈大伯。

但即便如此，只要我回到老家，大妈就会找上门，央求我为她拔眼睫毛。不过，大约半年后，大妈也中了风，只能拄着拐杖移步，也就没有再上门求我。

最近一次回家，我又主动上门去看大伯大妈。大妈一见到我就说："好四伢，大妈怕是活不长了，你再帮我拔拔眼睫毛，死后我一定保佑你全家。"

可是，等我刚帮她拔好眼睫毛，大妈就拄着拐杖，颤巍巍地移步至门前高坎边，颤抖着嗓音喊道："老死尸，又到哪里去了？只怕又是到那个老狐狸精家里去了，我是么样好哟！"

在听出了大妈哭音的同时，我看见了在坎下树林里捡拾枯柴的大伯，只听他大声应答："我在这里，真是越老越神经！"

(2019 年 12 月 19 日发表于《今日怀宁》)

把欢乐寓于奋斗之中

离国庆长假还有二十多天，我就早早地收到了怀宁县高河中学八九届高三(4)班班长发来的举办高中毕业二十周年联谊会的通知，时间定于 10 月 5 日和 6 日，参加人员为全体同学、家属和授课老师，地点则安排在怀宁县新县城高河镇。

想到即将与许多自高中毕业后就再未谋面的老师和同学们见面，我是既激动万分又倍感惶恐。人生能有几个二十年？高中毕业以后，各自纷飞，天各一方，像这样的高中老师和同学大团聚又能有几回？让我感到惶恐的是，在此前每年都有的小范围聚会上，目前知道的唯一已经离开人世的同学胡善云总被提及。大家在为这位志向远大却英年早逝的同学嗟叹时，总会责怪当年班上的"才子"至今仍在舞文弄墨的我为什么不写一篇怀念他的文章。而在即将到来的联谊会上，"遍插茱萸少一人"的场面仍会再现，我势必会遭到更多的诘问。

尽管时间已经过去了二十年，但当年的一些人和事总是让人难忘。直到我们高三毕业时，高河只是怀宁县一个交通区位优势非常明显的乡镇，那时怀宁县城还远在石牌镇。高河中学也只是一所普通高中，学校办学条件和学习风气比较差，打架、偷盗现象在校园里屡见不鲜，有几个学生甚至因此被拘留和逮捕。当时，学校里有不少来自高河镇街道、机关单位和高河造纸厂的城镇学生，与大多数农村学生相比，前者的生活和学习条件要优越很多，因此他们中的部分人甚至有些瞧不起农村学生。

在我的印象中，来自农村的胡善云在班上年龄算小的，高中三年都在不停地长着个子，下身穿的裤子总是显得短那么一截。他的家境特别贫寒，住校期间很少看到在学校食堂买菜吃，一日三餐吃的菜大多以周三和周六回家用大号瓷缸带来的腌菜为主。他瘦弱的脸上因此夹带有不少因营养不良而出现的斑点。他平时不苟言笑，在高一、高二时，学习成绩并不十分突出，但到了高三那年，他的学习成绩往上直蹿，令老师和同学们都感到十分惊讶。终于有一天，班主任何承熙老师不经意地发现了他刻在课桌上用书本盖着的座右铭——把欢乐寓于奋斗之中。暗暗地跟命运较劲，并把它当作人生的乐趣，这不是一个没有远大志向的人所具有的韧性！也许正是凭着如此动力，他应届毕业就考取了省外的一所名牌轻工业大学，而当年本班应届考取大中专学校的同学仅有7人。

在同学当中，应该说我听到胡善云离世的噩耗较早。1995年初春的一个夜晚，从怀宁老县城石牌一家国企停薪留职准备去海南打工的我，到同在县城一家企业就业的一位高中同学那里辞行。他告诉我远在广东打工的胡善云去年在其所在公司组织的一次集体旅游活动中不幸在海中溺水身亡。他随后简单地描述了胡善云的一些经历，他本科毕业后被分配至省城合肥的一家粮食企业，不久企业倒闭，遂前往广东打工，事业刚见起色便不幸离开人世。当晚，同样出身农家、大学毕业工作分配均不理想的我和他对此都感到非常郁闷。"出师未捷身先死"，高中时的挥斥方遒，考取大学后的踌躇满志，可现实残酷得让人有些窒息。最后，同病相怜的我和他竟有些愤懑地把胡善云的不幸归结于几个假如：假如他有一个好的家庭背景？假如他大学毕业能分配到一个好的工作单位？假如他原来就业的国企没有倒闭？假如他没有因此而出外打工？胡善云过早地离开人世，或许仅是一个非常偶然的事件，而我们在当晚所宣泄的情绪，在那个时代并不显得孤寡。

其实，我在那晚就产生了一股写一写胡善云的冲动，而迟迟没有轻易动笔的原因，非不为也，恐不能。因为我知道，怀念性质的文章若想得到发表，要么怀念的是名人，要么作者有些名气，再要么是文字和情感特别真挚感人。

把欢乐寓于奋斗之中，多么震撼人心的话语，在当年激励了多少包括我在内的青年学子。在前不久的一次小型同学聚会上，大家又非常惋惜地提到了胡善云。可当我说起那句座右铭时，我惊讶地发现在座的诸位对它已没有太深的记忆，也未能引起他们的共鸣。

二十年弹指一挥间。二十年前青春年少的同班同学都过得咋样？尽管答案还要等到即将到来的二十周年联谊会才能揭晓，但现在可以预见的是，当年的同班同学彼此发展并不均衡。我衷心希望大家都仍然能把住欢乐的总基调，所有人都能不计成败得失、坦然面对，因为只要自己奋斗过，而且现在仍在奋斗着，就一定无怨无悔。而这也许才是我们怀念胡善云的一种最好的表达方式。

抵　　棍

　　如今，抵棍在农村都已近绝迹，更不要说在别处了。这种在男人之间进行的一对一较量力气的比赛娱乐活动，在 20 世纪 80 年代的农村曾经非常流行。

　　那时，在农村茶余饭后或农闲时候，只要有人数比较多的壮年男子聚到一块，侃完大山吹完牛皮，仍然觉得意犹未尽，浑身的力气没处使，往往便会有人跳出来指名道姓地挑战，说如果不服气，我俩来抵一棍。受到挑战的那位肯定也会毫不示弱地回应，说抵一棍就抵一棍，谁怕谁呀！

　　抵棍的器具很简单，每个农户家里都有，一根既粗又直的木棍或者一条蛮实的扁担均行。很快，一条扁担便被找来。抵棍的双方分别用右手握紧扁担一端，用掌心正对着扁担头，放低身体重心，两脚一前一后扎好弓步，伸展右臂确保两人都能发力。一切准备工作就绪，临时找出来的裁判简单地交代了比赛规则，便站在中间发口令："准备！一二三，开始！"

　　听到口令，抵棍双方运全身之力，通过右臂将扁担抵向对方。随后，扁担便在两人之间上下小幅抖动，旁边还有人大声加油助威。经过不长时间的僵持，力亏的一方便有些坚持不住，扎着的弓步开始松动，双脚开始摩擦着地面后退，最终脸红脖子粗地败下阵来。不过，轻易服输的几乎没有，即使输了第一局，也还要为输找个借口，一定要赛完三局才能分出输赢。取胜的一方还没得到片刻的休整，旁边立马就会有不服气的壮汉接过扁担，直呼其名说你那么厉害，我也想讨教一下。于是，又一场抵棍比赛紧接着开始。

　　家住邻村的结巴大哥，是我父亲的忘年交，年龄比父亲要大二十多岁，由于姓氏相同，辈分比父亲低两辈，所以我家从奶奶到父母到我们兄妹，都只能很别扭地称呼他大哥。他身高一米八有余，膀阔腰圆身材魁梧，浑身皮肤黝黑，站在那儿就像一尊黑塔。他在旧社会练过武术，六十多岁时还能舞动几十公斤重的石锁，在附近村庄以力气大、水性好著称，美中不足的就是说话有些结巴，"结巴"也因此成了他的绰号。据传，他壮年时在独秀山上开采矿石，一担曾经挑过四百多斤。在靠力气吃饭的年代，他帮了我家很多忙，所以他在世时，我家和他家像亲戚一样往来。

1981年，我大哥考取了省城的重点大学。摆酒席答谢亲友的那天晚上，穷得还没安上电的我家临时从邻居家拉来了电灯，平日夜晚光线昏暗的堂厅顿时被照得一片明亮。酒席散过之后，还有很多本屋乡亲和近路亲戚聚在堂厅拉呱吹牛。突然，年近六十的结巴大哥意犹未尽，与本屋乡亲较上了劲，竟说出了抵棍抵遍本屋无敌手的话来。闻听此言，本屋乡亲肯定不服，当场就有一个三十出头、身材与之不相上下、我称叔辈的壮汉挺身而出，接受了结巴大哥的公然挑战。他们之间的抵棍就在堂厅进行，桌子板凳很快被拉倒在旁边，中间空出了足够的比赛场地。第一局抵完，结巴大哥惜败，他红着脸更加结巴地说再来一局。在进行的第二局比赛中，结巴大哥输得更惨，他一时没能将扁担端部握住，脱手后的扁担头，在堂厅右侧墙壁上划出了一道比较长的印痕，而那墙壁因为地基下沉裂缝才换不久，重新用石灰粉刷过，所以印痕格外显眼。最后，还是我父亲过来劝慰，说大哥一高兴酒就喝高了，毕竟年岁不饶人啊，才慢慢平息了结巴大哥异常激动的心情。

几年后正月的一天，我代表家里到结巴大哥家拜年。在饭桌上，结巴大哥酒后对我吐了真言，说现在已不同于以往，靠力气吃饭的年代过去了，现在要靠脑子吃饭。你可知道我为什么和你父亲那么要好，是因为我佩服他，他靠干力气活养活了一大家子人，还供出来你们兄弟几个靠脑子吃饭的读书人。

现在回忆起此言，倍感言之有理，思维意识超前，我想知道，这是不是抵棍活动消失的主要原因？

高河中学轶事

（一）县城之争

1986 年中考，家住黄墩镇距怀宁县秀山中学不到二里地的我，不知为何被录取到了高河中学。高一新生开学报到，我被分在高一（4）班，从此高中三年都与（4）班结上了缘。高中三年的同班同学，有百分之九十以上都来自高河片区的农村乡镇。

那时，乘坐客车从我家到高河，有两条路可走，不过都绕有一个大圈。一条路是从秀山车站乘车经石镜到月山，再转车经茶岭到高河，全程都是柏油路，且过往的班线客车较多。另一条路是从秀山车站乘车经秀山至公岭到高河，前半程是柏油路，后半程是砂石路，过往的是时间固定的交通班车，且班次很少。如果步行，倒是有一条近道可抄，需要二个多小时。当年我在本班家住同一个镇的同学的带领下，走过不少次。那时还是实行单休，我每两个星期才想到回一次家。星期天下午从家里回学校，乘车或步行都很方便，时间也来得及。可星期六下午从学校回家，身上的钱基本用光，如果按部就班地步行，时间就肯定不够，通常会向班主任请一节课的假。

对于我来说，到高河交通远没有到县城石牌便捷，由此导致在高河中学读书的三年之中，我没少孤军奋战，与高河片区的同班同学舌战，县城是应该放在石牌，还是应该放到高河。如今，高河作为怀宁新县城早已尘埃落定，建设发展已经颇具规模，每当回忆起当年与同学关于县城之争，我不由感慨，无论做任何事情，都由不得个人情感的喜好，只有时间才能决定一切，同时也暗地佩服当年高河同学的慧眼独具，因为其时社会上还鲜闻将县城从石牌迁到高河之说。

（二）语录墙之变

高河中学是怀宁县最早的中学之一，1972年在"怀宁县高河埠初级中学"的基础上，增设高中部，成为完全中学，改名为"怀宁县高河中学"。自我入读至毕业，高河中学是初中部、高中部并存。高中部高一、高三年级共用一幢两层教学楼，位于校园北大门入口左首，坐北朝南；高二年级独栋新教学楼和初中部教学楼分别位于校园南面，也是坐北朝南，面朝学校大操场。

那时，高河中学的男生寝室均由以前的教室改成，一间寝室差不多就能住下三四十个男生。不过，以前的教室建设得整齐划一，行与行之间距离较大，列与列之间留有宽阔的通道，通道两侧都长有高大的冬青树，靠最东边通道两边寝室的外墙上残存语录墙，形似黑板，但面积比黑板大。在用砂浆抹得平整的语录墙上，依稀可见以前朱砂红色的宣传标语。

我刚入读时，语录墙仍在。但没过多久，学校就将所有语录墙都漆成了大黑板，并且分到各班级名下，由班级负责定期出黑板报。从此，昔日的语录墙变成了黑板报，理化语数英政史地，黑板报的内容丰富多彩。为提高黑板报的质量和观看率，各班级各显神通。据说，高河中学的学风，就是从我那一届开始好转的，不知道有没有黑板报的功劳。

前不久，当年的高一（4）班同学小聚，席间几个女同学，有学文科的，也有学理科的。在谈论到同届文科班时，我不假思索地说文科班有十八个女生。大家对此都感到很惊讶，因为我是理科班的，怎么对文科班如此清楚，甚至有人据此笑话我是不是有什么故事。我解释说，非也，我记得当年文科班出的首期黑板报上有一篇《十八女生宣言》的文章。

（三）了了之名

谁高考考出了高分，考上了名牌大学，只能名噪一时一班，很难在当时成为校园名人，因为毕竟他的高光时刻，只是在高中毕业时才出现，还未等众人皆知，大家都已各奔前程。我虽不才，当年高考落榜，但在学校却算得上是一个名人。

读高一时，我写的一篇散文《大伯的婚事》，获得了北京《中学生》杂志社举办的"让每个家庭都充满爱"全国中学生征文比赛二等奖。能从全国四万多件应征作品中脱颖而出实属不易，加上当时文学热潮翻涌，初高中学生中文学爱好者比比皆是，我也因此成了学校名人。

获奖后，有较长一段时间，我每天都能收到全国各地文友的来信。连县内几个名作家也给我来信。毫不夸张地说，当时学校收到的信件有四分之一以上是寄给我的。后来，班主任担心我因此耽误学习，在征得我的同意后，由他对所有来信首先进行统一检查。我在收到杂志、获奖证书和结集出版的图书的同时，还收到稿费、奖金和结集出版费共计五十元。可千万别小看当时的五十元，学校食堂的渣肉才卖二角五分钱一碗，我两个星期的生活费只有五元，在省直机关单位工作的大哥给我汇款一次也就十元。

斗转星移，三十多年过去了。每次与老同学相聚，大家都笑着说，当年的同班同学，谁都有可能被忘记，唯独曾在学校放过"大卫星"的我不会被忘记。如果现在让我用一句话来总结当年出名后的感受，我觉得用"小时了了，大未必佳"最恰如其分，"了了"也因此成为我的一个笔名。

（四）崇拜之殇

虽然在读高一时就获得了全国中学生征文比赛大奖，但是我对写作还是不敢迷恋太深，我很听从班主任和文学师长的忠告，文学道路漫长曲折，农村学生还是要以学习为重，争取日后能考上大学。

在高二文理分科时，我出人意料地没有选择学文，原因是文科班汇聚了不少调皮捣蛋的学生，我怕自己随波逐流容易学坏，再加上班主任以管理班级严格著称，于是决定还是留在他当班主任的高二（4）班学理，没有学文也因此成为我此生的最大遗憾。

当时，我最崇拜的是同班同学胡善云。直到高二，胡善云还是一个比较腼腆的大男孩，他来自农村贫困家庭，衣着陈旧朴素，可能还正在长个子，裤子总是短一大截，吃的是从家里带来的咸菜，很少见到他在学校食堂买菜，因营养不良，脸上有少许黄白斑点。高二下半学期，他的学习成绩开始突飞猛进，引起了老师和同学们的注意。有一次，班主任在检查同学们的"课桌文学"时，发现他在课桌上刻有"把欢乐寓于奋斗之中"的座右铭。班主任立即公之于众，并在班上对他大加表扬，号召其他同学都要向他学习。他也因此受到包括我在内的很多同班同学的崇拜，穷不失志，穷而弥坚，读书升学是当时农村学生奋斗的必由之路。

　　1989 年高考，高三（4）班仅有七人考取大中专学校，胡善云是其中之一，考取的是一所省外重点本科大学。他大学毕业被分配进省城一家企业，工作没到两年，便因单位经济效益不好下海去广州打工。可是，在工作和生活渐有起色时，他却不幸在单位组织的一次集体旅游活动中溺水身故。真是天妒英才，竟然让我崇拜的人在人间如昙花一现！我至今还保留有 1992 年寒假几个高三（4）班同学回高河中学聚会时拍摄的照片，正在大学读书的胡善云就站在我身边，外观形象依然青涩，个头好像又长高了不少。

斛米之爱

老家屋场一个叫春秀的大妈去世了，在她头七的前一天，在县城工作的我才接到老家的电话，让我问在县城帮我带儿子的母亲回不回家，说她家要在头七那天请菩萨。当我把消息告诉母亲时，她擦拭着眼泪怪家人在春秀大妈去世时都没吱一声，说不管怎样也得回家见其最后一面，现在只能在头七回去磕头了。也难怪母亲会流泪，从前我家的老房子在一个陡坎之上，春秀大妈家的老房子则在陡坎之下，两家离得近、经常串门，比母亲要大几岁的春秀大妈善良贤淑，母亲经常称道她是大好人。

当天母亲就从老家归来，并带回来一块米粑，非要蒸给我儿子吃，说是从请菩萨的供桌上抢来的，小孩子吃了旺相。母亲还对我讲述了与春秀大妈之死有关的一些事。春秀大妈是在一天早晨被发现死在按月供养她的小儿子家里，咽气的时候没有一个人在身边，她的儿孙辈无人赶到送终。她生前跟在老家居住的大儿子和小儿子生活，每家轮流生活一个月。因为赡养老人等家庭琐事，她大儿子家与小儿子家的矛盾很大，闹到了相互不理睬、不上门的地步。

按照老家的风俗，老人去世后，不能久放在床上，要尽快抬上灵板，上灵板之前的请水、净身和穿寿衣诸事宜，必须由长子亲力亲为或牵头请人操办。她大儿子知悉母亲去世后，却没有立即前往弟弟家，一直在家里踌躇不决。她小儿子也是一个犟种，心里暗想：屋场人都知道了，你做老大的还装着不知道，你不来我家，我也不得去请，看人们到底是说你还是说我。因此，快到烧午饭的时候，春秀大妈的遗体还在她小儿子家的床上，兄弟俩此时还在闹别扭，屋场人特别是一些老人唏嘘不已。

后来，一个叫凤翠的大妈出头邀约几个老人，来到春秀大妈大儿子家。凤翠大妈与春秀大妈年龄相仿，与其生前也比较要好，她觉得自己再不站出来说直话，对不住好姐妹的情谊。凤翠大妈很有方法，没有苦口婆心地去规劝，只是对春秀大妈大儿子讲了一个真实的故事——伢，我今天既然敢来你家，就不怕挨你骂。你可晓得你是怎么来的哟？你妈一生命苦哇！想当初，她是嫁对了人家，嫁到了家境殷实兄弟伙多的大户人家，可她并没有享到什么福。其实，你不是家里的老大，你头上还曾有过一个哥哥和一个姐姐，可不知道什么原因，他们都只活到几岁就突然死了。后来，你妈才生下你，去找算命先生为你算命，说要想你能平安长大，就必须认一个人做干爹，小时候用他的姓取名，而且这个人越远越好。你妈的婶娘们都留心着这件事，可不知道怎样远才叫越远，一时也不敢贸然给你找干爹。终于有一天，一个骑骆驼的外地中年男人路过屋场，你妈的婶娘们拦住了他，要他认你做干儿子。在这之前，她们从未见过骆驼，但知道骆驼生活在很远的地方，因而觉得骑骆驼的人一定住得非常远，于是一齐瞒着家里管事的老太爷，答应外地男人开出的条件，给了他一斛大米。一斛五斗，在解放前，一斛大米在整个屋场也就只有你家才能拿得出来。那个外地男人姓李，所以你有一个小名叫李某某……

还没等凤翠大妈说完，春秀大妈大儿子就已经痛哭失声，并向来他家的老人们一一下跪，答应立即去弟弟家，牵头操办母亲的丧事。

母亲边流泪边对我说，春秀大妈死的那天，如果我在家里，早就去跟她两个儿子说了，都是一个肚子皮兜的，兄弟之间有什么见不开的事。俗话说死者为大，兄弟就是闹有天大的矛盾，也不至于难为都已经死了的老娘，为人做事要通得过乡情乡理，你兄妹今后可不能这样。母亲意犹未尽地说，请菩萨游大十殿很热闹，如果不是急着回来带孙子，真想在家歇一晚看看。

请菩萨做法事，不管是超度亡灵，还是自我救赎，我觉得都难以补救已造成的遗憾。人生在世，如果连父母的养育之爱都不知道感恩，兄妹手足之情都毫不顾及，就枉为人子女、兄弟、姐妹和父母，更不必去奢谈感恩他人、社会和国家。

接 近 规 模

　　规模是本市望江县漳湖镇的一个行政村，至今我都没有去过。它只是六年前我在通讯录本子上用钢笔记下的一个地址，一个与一位浮萍似的诗人相对应的符号。

　　六年前一个秋天的傍晚，在县酒厂两人合住的宿舍里，我接待了一位二十出头的文友。我俩素昧平生，他来寻访我，是因为我的一篇散文和他的几首诗，在本市日报的文艺副刊上做了一次文字的邻居。我一直认为，在所有的文学体裁中，诗是最难写的一种，是文学中的璞玉，无论诗人是否有名，都具有才华横溢、思维敏捷、灵魂高贵等特质，非常值得崇拜。根据他的叙述，囿于家庭经济条件，他念完初中就外出打工，曾经干过多种工作，目前在做模具推销，趁着来我县县城联系业务，顺便来找我交流切磋。他的言辞像当晚的星星一样闪烁，对我所在的自以为差强人意的单位竟然无比羡慕，说如果能像我一样有一个正式国营单位，就不用东奔西走，就可以安定地阅读与写作，可在现实生活中，他只能先是一个模具推销员，然后才是一个没有什么名气的诗人。将要离开我宿舍时，他给我留下了望江县漳湖镇规模小学的通讯地址，可是从那以后我们并没有联系过。

　　我不知道，后来发生的事情是不是出于巧合，六年后我在收看安徽卫视《今晚报道》栏目时，偶尔看见其中的一则以"我们在城市唱歌"为标题的专题新闻节目，报道了安徽警方从天府之国的多个城市解救了一批卖唱女童，怀抱吉他走四方的失学女童正好来自规模。通过新闻采访镜头，我第一次接近了规模的村落、田野、庄稼和居民，那些聪明伶俐、能歌善舞的失学女童，原来就读的正是规模小学，感觉贫穷与落后像湖水一样包围着规模。

　　这个符号在六年后偶然再现，并以如此意想不到的方式大面积暴露，我无从知道它六年来改变的痕迹，只知道六年后的规模还是以农业为主，仅有一家较小的村办企业。六年过去，佩戴着这个符号的诗人，是不是还在四处寻找稳定的工作，有没有放弃钟爱的阅读与写作？我更加焦心的是这个符号的未来，稚嫩的金嗓子不应该在城市唱歌挣钱，而应该响在宽敞明亮的教室，琅琅的读书声应该回响在希望的田野上。

对于佩戴着这个符号的人们，特别是其中还未定型、可塑性极强的那部分，需要更多、更有效、更强的支撑，不应该像使用模具一样去简单复制命运。接近这个符号，我由浅层次地接近一个诗人，转向重新认识并关注所有佩戴这个符号的人们。

那次拜年

"一代亲，二代表，三代四代就拉倒。"这句俗语说的是农村亲戚之间走动的规律，无形中也成为正月拜年的根本遵循。亲戚关系的远近密疏，决定了拜年的时间和人数。不过，有一年，我家就破了一次例外。

那年正月初四，受年迈父母的特别指派，均已成家立业的我们四兄弟，一起去离家有三四里路远的小姑父家拜年。与往年相比，那都是不曾有过的时间，也是不曾有过的阵容。我有三个姑姑，都比父亲大，时至当年，仍然健在的姑只有大姑，健在的姑父只有小姑父。按照我家常规，从正月初二开始拜年，去过老外婆家（母亲娘家）、少外婆家（妻子娘家）、大姑、二姑家之后，才会轮到小姑父家。以前去小姑父家拜年，我们四兄弟最多去一二个人，因为小姑不是奶奶亲生的，是从小抱来压子的童养媳，只是后来作为家养的女儿嫁了，所以即使两家关系再好，可由于缺少血缘纽带关系，也总让人觉得好像隔了那么一层。

起初，我们四兄弟对父母如此兴师动众的拜年安排大惑不解。经过父母解释后，我们才明白正月初四是早已约定好了的日子。原来，过年前的一天，自从小姑过世后有好几年没端过我家饭碗的小姑父来到了我家。比父母年长几岁的小姑父开口就说无事不登三宝殿，然后一股脑地向父母说起了他家遇到的烦心事。当年，小姑父家的表哥夫妇跟随其妹夫家的亲家公带领的一个卖布班子做生意，钱没赚到一分不说，反而将几万块生意本金稀里糊涂地折掉了一大半。当年腊月，表哥去妹夫家里想找亲家公把生意账算明白，谁知还是如同出门在外时一样碰了一鼻子灰，账没给算不说，还挨了亲家公的一顿臭骂，弄得表哥是哑巴吃黄连有苦说不出，当场就气哭跑回了家。

听小姑父这么一说，父母也气愤不已，说这是什么亲家公，要不得嘛，也不看看是什么样的亲戚，做生意搞钱要搞在明处，不管怎样，都不能挖别人的肉补自己。父母说这话，完全是出于对当时做生意的了解，很多址头就是通过在进发货环节做手脚，靠坑班子里其他人的钱而大发横财。小姑父所说的表哥去找亲家公算账，也就是说同样被他无情地坑了钱。

小姑父对父母说，我和儿子都只有兄弟一个，旁边连帮着说句公道话的人都没有。我想来想去，就想到了母舅、舅娘和有用的表侄们，我今天来，就是想请四个表侄，来年正月初四都到我家拜年，不然我家今后被人欺负死了，都没有一个人帮衬。古道热肠的父母见状，当即爽快地答应了小姑父的请求。并且，表哥正月初二来我家拜年时，又对此进行了确认。

那年正月初四午餐，小姑父家张罗了一大桌饭菜，还特意从屋场请了几个人来作陪。以往来我家滴酒不沾的小姑父和很少喝酒的表哥都斟满了一杯酒。开始喝酒之前，小姑父站起来指着我们四兄弟向陪客作了介绍："这是我大表侄，真正的大稀客，我记得八一年考上大学的那年来过我家，后来也不晓得是工作忙，还是嫌弃没有好的招待，总有十好几年都没来过了，现在在省公安部门当科长；这是我二表侄，恐怕大家都认识，就在附近学校教书，书教得不错；这是我三表侄，做木工，一个人落家，母舅、舅娘身边也要留一个人，一年能挣好几万；这是我四表侄，在县酒厂工作，笔头子很厉害，经常在报纸上发文章。我母舅、舅娘教导得好，个个表侄都有本事……"

听完后，我感觉小姑父哪是在介绍，简直就是在往我们兄弟脸上贴金！其实，我也懂他的良苦用心，他只是在想向旁人证明，他家还是有依靠的，不是谁想欺负就能欺负得了的。席间，看着平时很少喝酒的小姑父和表哥喝酒时难以下噎的神态，我心里是五味杂陈，甚至在想自己是不是应该做做哥哥们的工作，每年有事没事多往小姑父家走走，虽然很难说能帮助他家解决什么实质性问题，但最起码能给予他想要的来自精神上的支持。

手工布鞋

对于年龄超过五十岁的人来说，手工布鞋是回不去的时光的记号，极易牵动他们愈发敏感的怀旧情结。

青春年少时，在我生活的农村，纺线、织布和做鞋，最能检验一个女人的能力，反映她是否心灵手巧。当时，农村女人做的鞋，就是手工布鞋，且为私人定制。在为人做鞋之前，先在厚纸上拓画下脚印，再用剪子按图剪出鞋样，会做鞋的在剪鞋样时，一般会稍微放大一点，这样做出来的鞋才合脚。

布鞋主要由鞋壳和鞋底两大部分组成，鞋壳做起来既简单又不费时，用料几乎都是买现成的，面料是灯芯绒布，内衬是机织棉布，夹层充棉绒。最难的是纳鞋底，前后耗时要占做鞋所需时间的百分之八十以上。

那时，农村女人一般都只能利用农闲为做鞋准备材料。春天会到竹园里捡拾回来自然脱落下来的麻灰色笋衣。夏天会翻箱倒柜地找出来破衣布片，挑选好的将其剪成碎布片状，用米糊将其粘贴到一块门板上，放在太阳下晒干后整张揭下，俗称其为"布壳子"。准备纳鞋底时，将笋衣、布壳子拼凑或裁剪成鞋样一般大小，层层相间着叠加到一定厚度，用白布将上下两面覆盖几层，便可以纳鞋底了。

纳鞋底少不了锥子、大号针、顶针、麻索和蜂蜡。黄麻是自家种植的，麻丝是自家通过将黄麻砍伐、剥皮、刮丝和晾晒后才得到的，麻索是女人用麻丝在自己大腿上搓出来的。纳鞋底需双手用力，左手紧握着鞋底，右手持锥子在鞋底两面钻孔，大号针牵引着麻索沿孔来回穿梭，于是鞋底两面留下无数行列整齐如米粒大小的针脚。鞋底叠加的层数越多就越厚，纳的难度就越大，仅有顶针还是不够，麻索还须从蜂蜡上一带而过，一来可以让其变得光滑减小阻力，二来还可以使其防腐经久耐用。

农闲下雨天，农村女人喜欢聚在一户人家纳鞋底，口里拉着家长里短，可两只手一直没有停歇，"呜呜"纳鞋底的声音不绝于耳，甚是好听。鞋底纳得好不好，主要看针脚密不密，如果针脚密，鞋底就结实耐磨。她们会把纳好的一双双鞋底用麻索连在一起，像胜利品一样挂在自己房中，不知道为什么我当时看见后丝毫没有现在的感觉，一点儿都不觉得它们是工艺品。

如果说鞋底是内心，鞋壳就是外表，将鞋底和鞋壳缝合在一起，布鞋就此诞生。布鞋的品种和样式各有不同，有单鞋、暖鞋、平口鞋、松紧鞋、系带子鞋、绊扣鞋等等，主要特点是平底、易散汗、不臭脚，即使成天穿着一双布鞋又蹦又跳，也不会感到双脚难受。

小时候，我家兄妹五人，家庭生活贫困，可母亲不管农活怎么忙、长年怎么劳累，每年都会给家里每个人做一双布鞋。记得不止一个年三十晚上，母亲都因赶做一双鞋而忙到夜深，当鞋做好时，她才会露出欣慰的笑容，赶紧去叫醒鞋的主人试穿。她几乎把这当成生儿育女一样重要，因为那时过年，家里每个人不可能都想到穿上一身新衣，但让每个人都能穿上一双新布鞋，勤劳苦干的母亲每年都尽力做到了。

后来，大概是嫌纳鞋底既麻烦又难，农村女人为图省事，做布鞋时就只做鞋壳，鞋底换成了买来的塑料鞋底，除了防潮湿好一些外，走起来脚底下硬邦邦，跑起来啪啪地响，并且容易打滑，还容易断裂。再后来，市场上出现了机制布鞋，从此手工布鞋就彻底失去了原汁原味。

我已记不清有多少年没有穿过布鞋了，现在穿的都是买来的皮鞋和运动鞋。儿子出生时，地处大别山区的岳母亲手为他做过近十双适合儿童年龄段穿的手工布鞋，可不知为何却没怎么给他穿。时间过得真快，儿子今年已经二十四岁了，岳母去世也有四年了。去年搬老县城房子里的物件时，我发现大木箱里还有好多双手工布鞋。但我没舍得丢，带了回来，心想如遇到合适的人就送，如果送不出去，就作为给儿子的感恩教材，让他能够永远铭记外婆的爱。

碗饭之恩

　　父亲在给我讲述本地人物掌故时，曾经讲过一个发生在家附近的真实故事：解放前，一个大年三十傍晚，一个穿着破烂衣裳的小叫花子，来到一个地主家门口要饭。对于前来要饭的村庄，小叫花子再也熟悉不过。离他家不到二里地，住有三个地主。此前，他已经去过两个地主家，但都一无所获。在第一个地主家，他非但没讨到吃的，还挨了在南京教过书的地主一顿臭骂。在第二个地主家，当保长的地主放恶狗撵跑了他。正当他绝望地准备离开第三个地主家时，地主的婆娘端给他一大碗冒着热气的饭菜，和气地对他说："伢，今天过年，带着它早些回家。"

　　沧海桑田，时代巨变，谁也没料到当年的小叫花子通过参加革命斗争，竟然在解放时当上了县长。第一个地主见势不妙，土改前夕从安庆坐船出逃，从此人间蒸发。父亲说，当时安庆已经解放，已经无路可逃，他八成是投了长江。第二个地主作为恶霸，在土改时被执行枪决。当时也有人提议将第三个地主镇压，但当年的小叫花子为他说了话，因没够上恶霸而保住了命。

　　说完这个故事后，父亲感慨地教导我，无论何时何地，做人一定要有人情味，那个县长难道不是在感那碗饭的恩啊！如今，这个故事究竟还有没有意义，有多大意义，我不敢妄说，而让我产生用文字转述的动机，源于参加过的一次文学社团活动。

　　那年冬末，县作协组织会员到池州采风。夜宿秋浦渔村，山区寒气格外逼人，晚餐不免要喝点酒。就在众人商量喝什么酒时，席中一位年长的女士提议："要我说，就喝酒水促销员推荐的。"她说，每逢饭局，最见不得食客对酒水促销员颐指气使，不知道为什么总会不由自主地将他们想象成自己将要参加工作的孩子，虽然酒水促销工作既不轻松又不体面，但那或许是从业者好不容易才找到的能养活自己的工作，哪怕就只喝了他们推荐的一瓶酒，也是给他们的工作和生活增添了一份信心。

上述两个故事，看似无甚关联，时代背景也完全不同，但均没离开生活这个现实的话题。工作决定饭碗，决定生活质量。在谈及所从事工作时，国人大多谦虚地把"混碗饭吃"当口头禅。近年来，国内关于大学生就业难的讨论，仁者见仁，智者见智，有不少"高人"总喜欢拿大学生眼高手低说事。对此，我实在有些不敢苟同。向上、向好，永远是人们对生活的梦想，好工作让人安心、舒心，给人前途、光明，包括大学生在内的每个人，都会对好工作孜孜以求，这或许也是考公热一直高烧不退的原因。

给血气方刚的年轻人工作，就是给他们饭碗，就是让他们对生活满怀理想和信心，对国家充满热爱和感恩。综观中国历史，社会的大屋檐下，权贾们大可以锦衣玉食，但前提是别搞得普通百姓连一碗糙米饭都吃不上。

（2020 年 4 月 23 日发表于《今日怀宁》）

我出过的一次风头

无论是从前还是现在，我都不是一个好出风头的人，因为我一直有自知之明，我是既没有资本又没有底气，而且好出风头还容易获得"烧包"的称谓。不过，这并不证明我没有出过风头，在大学读书时期，我在家就曾经出过一次不大不小的风头。

我家所在的屋场，离陈独秀先生依山取名的独秀山不到二里地。由于屋场集体所有的自留山"王山包"，与独秀山主峰仅隔一条狭长的小山谷，所以屋场人都很自然地将之视为独秀山的一部分，只要与人说起独秀山，就都说是自己家乡的山。我的堂兄知名画家福者在其所作的以独秀山为题材的画作上称之为"家山"，令人艳羡的自豪与气魄溢于纸上。

大二那年我放寒假在家。一天早晨，屋场的大人们聚在一起议论纷纷，说最近王山包上的松树被山脚下一个屋场的人们肆意砍伐得不成样子。可是，群情激昂地议论一通，除了臭骂封山看禁的人说年底不给工钱外，就好像别无他法了。我很难将自己归属于大人行列，只因为当时在场，就不禁问了一句"为什么不报警？"问完这句话后，我立即注意到在场的大人们做出不同的反应，胆小怕事的赶紧扭头离开，喜欢处于议论中心的立即发问谁去报警，等着看热闹且自以为精明的开始鼓动像我一样的年轻人。

屋场还真有几个与我想法相同的愣头青，当天吃过早饭后，我们便相邀着一起到镇派出所报案。接警民警说毁林案件归林业派出所管辖，不过林业派出所在县城，于是他给我们出主意，让我们先去找镇林业中心站试试看。接到我们反映的情况，镇林业中心站高度重视，当天上午就派人前来调查此事。

屋场的大人们见到上级派人下来调查，聚在一起更加议论纷纷，有人神乎其神地说事情如果闹大了搞不好要捉人。父亲也意识到了这一点，私下里埋怨我不该出这个风头，说从我考上大学转走户口的那时起，屋场的一草一木都已经没有我的份了，况且山脚下那个屋场与我屋场在五代以前还是一个屋场，得罪的都是熟人，劝我赶紧收场。

我没有跟父亲讲什么大道理，他的严厉让我很少有讲的资格和机会。我只是对他说，头已经开了，得罪人也得罪过了，在这个时候退出来，不仅被得罪的人不会感激，而且还要挨本屋场人的骂，还不如一条路走到黑。

最得罪人的是当天晚上的取证。镇林业中心站的工作人员在当天下午找我们反映人商量，说准备挨家挨户查找被砍伐的松树物证，恐怕人手不够，希望我们在本屋场再找些人协助。在我们的说服与发动下，本屋场又有十几个人加入我们中间。当天晚上，我们十几个人与镇林业中心站的工作人员一道，到山脚下那个屋场挨家挨户查找被砍伐回家的松树，其间在不少人家都挨了臭骂，但我们始终没有放弃，调查取证工作一直到当晚十一点多才完成。调查结果显示，山脚下那个屋场近三十户人家，没有到王山包砍伐松树的仅有三四户，他们砍伐松树回家，并不是单纯地用于烧锅做饭，而是用它来卖钱。他们也因此分别受到了镇林业中心站给予的大小不一的处罚。

从那以后，王山包上的松树就很少被人砍伐过，后来屋场干脆连封山看禁的人都不请了。屋场的大人们都说，还是年轻人敢搞！我到现在都觉得，如果一个人在年轻的时候就患得患失不敢有所作为，那么他就会很难适应竞争日益激烈的社会。

县 茶 场

清明刚过，各路新茶纷纷涌进县城，可是寻遍了大街小巷，就是难觅家乡茶的身影，我不由得又想起了曾经的家乡茶主产地——县茶场。

县茶场离我乡下老家只有一里多地，位于向西敞露胸襟的独秀山脚下，月石公路（今318国道）北侧。在我小时，独秀山西边山脚下与月石公路北侧之间，是一处十分蛮荒的宽阔地带。在这片开阔地里，别无农舍，仅有两家单位——县石油库和县茶场。县石油库的围墙紧挨着山脚，在围墙圈起的大院里，露天摆放着一排排巨大的银白色的储油罐，在很远的地方都能看见阳光照在上面反射出的森然白光。在当时，县石油库不同于如今多如牛毛的加油站，它不对外开放，里面还建有岗亭，日夜都有人持枪站岗。直到它不存在后，我也才了解皮毛，只知道它是一个战略石油储备库，如遭敌人破坏，后果不堪设想，足以毁灭方圆几里内的村庄。因此，相比较而言，它旁边的县茶场院内栽满树木花卉，院外大片四季常青的茶园，让人觉得亲切平和得多，更容易让人接近。

不知道是因为当时我太小，还是因为当时老家的农舍普遍低矮破旧，那时我觉得红砖墙大瓦屋顶的县茶场场部既高大又气派，就连月石公路旁边为保护茶园水土流失而砌起的石头挡土墙，在我眼中也是高不可攀。由于老家就住在县茶场附近，每年的采茶季节我都会去县茶场采茶，再加上当时县茶场职工子女和我在同一所小学就读，所以它周边农村的小孩到县茶场，全然没有到其他国营单位时所表现出来的惶恐。

我觉得当时县茶场对周边农村人的态度，很大程度取决于茶园里种植的茶树。当时，县茶场职工与所有国营单位职工一样，上班拿国家工资，特别让农村人羡慕。采茶季来临时，他们有的带领人在茶园摘茶，有的在场部验收采茶人交上来的鲜叶，有的在场部车间里忙于制茶。其中，最耗费人力的当属采茶，不是茶场十几个职工就能完成得了的，他们只负责指导、监督和管理，大部分采茶人都来自周边农村。

采茶季是县茶场一年中最热闹的时候。清明过后是谷雨，在谷雨之前，县茶场的头道茶"谷雨尖"就开采了。为保证其质量，采茶人必须为周边农村的采茶熟手。等到采第二道以后，男女老少生手熟手都要，遇上星期天，茶园里到处都是兴高采烈的学生，他们把茶园当成了乐园。那时候，农村人挣钱不易且门路奇少，到茶场做临时小工和采茶都很抢手。后来，为规范采茶秩序，周边农村对到县茶场采茶进行了统一安排，并不是谁想去就能去。

然而，给我留下最深刻记忆的，却与采茶无关。记得有一年，在茶树的行列间，栽种了一种叫绿椹的植物。待到成熟时，我和小伙伴们用针线将近乎透明的椹荚穿在一起做成项圈，挂在脖子上奔跑，椹荚里的种子不停撞击外壳，声音十分响亮动听。每当茶树开花时，我和小伙伴们还会溜进茶园，摘下盛开的茶花，将花蕊放入口中使劲吮吸，那味道跟很难吃到的糖差不多甜。

尽管县茶场就在家旁，但当时我家同许多农家一样，都没喝过县茶场出产的茶叶，其原因不是不喝，而是实在喝不起。往往只在年关的时候，才会从供销商店里买回斤把茶叶末子，将它保存在没用的保温瓶胆中，留着慢慢地煨茶喝。二十年前的一个春夜，我去一个同在县城工作安徽农学院毕业的高中同学那里玩，他给我沏了一杯新茶。我喝过之后，觉得茶香浓厚涩中回甜，忙问是何方好茶，并自以为是地乱猜一通。当同学说它出自县茶场时，我一点儿都不相信。其实，当时许多不喝县茶场茶叶的人都与我一样，对县茶场茶叶知之甚少，盲从于茶叶品牌和价格，追逐一种饮茶显示身份的虚荣。

不知从何时起，我对茶叶就有了一种诗意的概念，茶叶是最能为人留住春天的。当妥善保存的茶叶在杯中被泡开时，氤氲在杯面的水汽就会带给人春天的气息，以及大自然中花草的香气，而最能体现春天的，是杯中融满无限春色的茶水。因此，我对通过采茶给予我成长支持、为我留住童年欢乐记忆的县茶场，充满了恋恋不舍的感情。

今年春天，我步行经过县茶场，再也找不到当年县茶场和县石油库的丝毫痕迹。在它们的废址上，崛起的是镇工业园区和独秀山公园。我不得不感叹时光的力量，在将一个人变老的同时，也将他曾经觉得富有诗意的东西一扫而光。

眼　　镜

　　眼镜最初最主要的功能，大抵是用来解除眼睛发生病变带来的困扰。戴近视或老花眼镜纯属迫不得已，为了满足眼睛的生理需要。其实，有色眼镜具有的遮阳、挡风、美观和修饰等功能，近视或老花眼镜也同样具有，只是后者在强化主要功能时，有所选择地弱化了辅助功能。近视或老花眼镜非戴不可，而有色眼镜的戴与不戴，全凭个人意愿，满足的是心理需要。

　　爱美之心人皆有之，即使是近视或老花眼镜，如今也制造得越来越美观，出售的价格也越来越高，有形的与隐形的并存。近视或老花患者在克服视力局限时，仍念念不忘对美的追求，更何况那些戴有色眼镜的，因此有色眼镜发展势头强劲，用户市场在不断扩大。特别是十七八岁的帅哥靓女外出，戴上一副有色眼镜，青春更加神秘豪横，不戴时将其置于额头之上，又有一种年轻别致的味道。

　　九五年我在海南打工时，有天晚上，曾随大学同桌一道，与他的一位新加坡朋友外出吃宵夜。新加坡朋友年龄与我们相仿，但经历要比我们复杂得多。他一家先从广东梅州搬去香港，后又从香港移民新加坡，当年在海南经营有一家船务公司，大学同桌想通过他把我弄进去工作。在出租车里，新加坡朋友兴许是累了，取下眼睛上戴着的一副很时髦的金边有色眼镜，让我替他拿着。坐在旁边的大学同桌故意问我可知道眼镜值多少钱。我自然不敢小觑人家，用心度量后说恐怕要三四元钱。大学同桌听后笑着说，在后面再加一个零。呜呼！眼镜到这份上，就已不再是眼镜本身，极似钱钟书先生在《吃饭》中所言的那样主权旁移，"吃讲究的饭事实上只是吃菜，正如讨阔佬的小姐，宗旨倒并不在女人。"眼镜成了金钱的附属品。

　　眼睛是心灵的窗户。钱钟书先生在《窗》中对窗子和门的评述很精彩，"门许我们追求，表示欲望，窗子许我们占领，表示享受。"一个眼睛正常的人，在用眼睛享受外面精彩世界的同时，也会因之泄露出内心世界的秘密，在鼻梁上架一副眼镜，犹如安上了一扇玻璃窗，能自动过滤掉通过眼睛外泄的秘密。眼镜内外镜面的时间差，足够让被动变主动，真实的一面很快就被掩盖过去。

我的视力一直很好，在当年考警体检时高达2.0，不像个别考生被医生当场查出戴了隐形眼镜。我至今一直没有戴过眼镜，又由于身材粗壮，皮肤黝黑，很多人对我的第一印象，不像一个读书人，而像一个蛮劳力。由此我得到切身体会，千万不能以貌取人，更不能戴着有色眼镜看人。

在过了知天命之年以后，我发现眼睛老花越来越严重，心想到实在不方便读书写字的时候，也去配一副老花镜戴戴，届时该不会有人说我是猪鼻子插葱——装象（相）吧。

映山红让我流泪

清明前夕，我老家附近独秀山的山岭上开遍映山红，远望青山泛红晕，近观满树举红花，实在是美不胜收，令人无限心动。映山红是野生杜鹃的别称，花多为红色，相传为杜鹃啼血所染，可是人们还是习惯地叫它映山红，主要是因为叫起来通俗、直观并且大气。

对于独秀山，出生并且成长于山下乡村的我再熟悉不过。尽管它在历史上曾贵为怀宁祖山，在近现代又沾中共早期主要领导人之一陈独秀因山而得名之光，但它在很长一段历史时期，依然是乱树难遮土石黄颜，一峰独秀寂寞无边。由于老家所在村庄的自留山是独秀山的组成部分，所以我等自诩为传统农耕文明和现代工业文明的传承人，先前沿袭父辈习惯喊它"土山"，后来又赖以自豪称之为"家山"。近些年来，它被精心地打造成为独秀山景区，以蓝莓采摘旅游、红色传统教育、学生研学、团建等为主要特色的文旅活动开展得风生水起。

我上小学时，学校在每年春天都会组织学生到独秀山春游，在山上很容易发现一丛丛开放着红花的映山红。映山红树身低矮，枝条苍劲呈灰褐色，虽然其貌不扬，但灿烂的花朵开得就像红色小火炬。学校组织的学生春游，通常会与进行爱国主义教育相结合，于是因地取材的映山红常被用来作为敬献给革命英烈的鲜花。然而，对于乡村生性顽皮的小学生来说，此举的意义和作用并不十分明显，因为他们才开始学习思考，根本不可能领会至深，难以被英烈的光辉革命事迹感动得流泪。那时，我只觉得与同学们一起上山游玩特别快乐，下山时会手捧一大束映山红，在途中乘人不备往女同学身上抛去，然后一脸坏笑地撒腿跑开。直到长大后，我才认识到，学校的良苦用心无可厚非，革命历史必须要有严格规范的文本，才能不断正确地向下一代讲述。

像许多生活在乡村的人们一样，我也一直觉得，每年春天的映山红除了带来春天的气息和感官上的愉悦外，就再也没有带来其他更重要的东西。不过，这种感受在去年春天被彻底改变。

去年春天的一个下午，我去县城边上的一个村庄，参加一个朋友奶奶的葬礼。在布置最容易流于习俗和形式的乡村灵堂上，我看到了一个清新独特的场景，从来不曾在丧葬场合附和他人流泪的我，却因此流下了眼泪。我看见一束束怒放着的映山红，被整齐地摆放在老人的遗体周围，就像一簇簇不停燃烧的火焰，照耀着逝去的老人在安详地沉睡。突然之间，我的内心好像有一种潜伏已久的意识在复苏，甚至有点怀疑眼前的场景纯属天然，而不是有人有意而为。映山红一定是她生前最钟爱的花朵。对于一辈子都生活在乡村的老人来说，天地、山水、田地里的庄稼与家人，就是他们一辈子生活的全部，就是他们的恩典、辛劳、支撑和期冀。

映山红年年春天都会有，可是人却不能永驻人间，用其钟爱一生的映山红为逝者送行，既彰显朴素又不失庄重。我为什么流泪，就是因为别具一格的灵堂布置让我感到强烈震撼，进而触动我内心最柔软的部分。在山野里的平常乡村，为那些在时光中永远走失了的人们，谁还能从大自然中找到一种事物，比映山红更自然、更贴切，更能安慰和纪念他们？

遭 遇 激 情

　　我相貌平平，口拙嘴笨，在找对象的时候，见到女孩都紧张得说不出话，更别谈花言巧语讨其欢心，也没有与谁碰撞出要死要活的激情火花。然而，我在婚后却遭遇了一次激情。

　　事情发生在我结婚几个月之后。一天下午，我在县酒厂办公室接到一个女声电话，要找的人是我，可我一时想不起来对方是谁。我连忙礼貌地问她是谁。电话那头先是说你猜猜。我接连猜了几个认识的女性，但都没猜中。随后，电话那头才说，你出厂大门，向右拐弯走几步，就知道了。

　　我放下电话，按照电话里所说，出厂大门右拐没走几步，就看见有一个年轻姑娘在一家商店门口向我招手示意。我定睛一看，竟然是她！她显然也看出我很惊愕，连忙说没想到吧。确实没想到，她是我婚前最后一个相亲认识的女孩，也是将我的心伤得最狠的女孩。

　　由于县酒厂经济效益不好，加上本人相貌一般，快到三十岁了，我还没有在城里找到对象。当时，像我这样的城非户口正式工，都希望能找到一个城非户口有工作的对象，可在给我介绍时，连城非户口在县城乡镇企业工作的姑娘都不愿意，一听到我在县酒厂工作，就连面都不愿意见。尽管我还不太着急，可家里父母急得团团转，到处托人给我说亲。

　　她是农村姑娘，住在我老家附近村庄，高中毕业没考取大学，跟亲友在外做生意。经人介绍初次见面后，双方都感觉还行，我也主动降低了非城非户口有工作的对象不娶的标准，觉得只要两人合得来，日后干其他工作也行，像我这样待在要死不活的工厂又有何用？见了两次面，我了解到她在与我相亲之前，认识了一个邻县县城的男孩。他生活在一个离异重组的家庭，他的继父带有一个年龄比他稍小的女儿，父母为图省事，有心想老配老小配小，让他与继父的女儿结婚，可他不愿意，仍在追她，而她家又不愿她远嫁，就又将她介绍给了我。刚和她认识，就陷入了一场三角恋，我让她做出选择，她却笑着说两个都舍不得放下。可不知为何，突然有一天，她没和我打一声招呼，就离家去了在云南做生意的她父亲那里。我打电话给她，却是她父亲接的，她没有和我通话。此事对我打击很大，让已经把姿态放得很低的我感到莫大挫败。

我和她沿着皖河大坝边走边谈。她告诉我，一时舍不得放弃那个追她的男孩，在思想摇摆之际，又被我要求尽快做出选择，所以就决定跑得离家远远的，两个都不理会。现在才知道自己错了，那个追她的男孩最终还是跟继父的女儿结了婚，而她现在仍然孑然一身。她说自己当时心太软，现在觉得很后悔，应该选择我。她甚至对我说，你离婚吧，我跟你。我非常吃惊于她的大胆，竟如此确信自己在我心中的地位。我对她说，我是一个思想很保守的男人，既然结了婚，就要尽到丈夫责任，你是不是猝然受到了打击，才不顾一切做出如此疯狂的举动？我极力安慰她去追求美好的未来。最后，她执意要到我家去看看我的妻子。

我将她带到用厂里两间宿舍拼成的家，告诉妻子她是我老妹。妻子是六安金寨县人，那儿与众不同地将最小称为"老"，譬如妻子在娘家兄妹中排行最小，家中侄子辈都称她为"老姑"，连我都被称为"老姑父"。她饶有兴趣地参观我简陋的家，目睹挂在墙上的我和妻子结婚照，看到我和妻子又说又笑，她无比羡慕地说，你们真幸福。

在她离开后，妻子问我，她是什么老妹？我向妻子和盘托出。妻子狡黠地说，你不说，我也知道，从你们的眼神，我早看出来了，你没看到我故意在房外站了那么长时间？

从那以后，我和她再也没有联系，真正做到了一别两宽。有时与妻子开玩笑，我说要去找老妹。妻子很放心地说，别臭美，我放手让你去找，找到了算你有本事。

遭遇了一次激情，却没有燃烧起来，可我并不觉得后悔，最起码它为我赢得了夫妻之间必不可缺的信任。

栀子花开

女人如花。鲜艳的、素馨的、丰硕的、孱弱的、大方的、含蓄的、本分的、轻佻的、善良的、恶毒的、长寿的、短命的、芳香的、淡雅的等等，不胜枚举。不同的女人几乎都可以在自然界中找到与之相对应的花朵。

女人爱花。不同社会阶层、不同年龄阶段、不同兴趣爱好的女人，所喜爱的花朵也大不相同。在城市，玫瑰、菊花、兰花、水仙、康乃馨、郁金香等格外受欢迎；在农村，有山野里的映山红、蒲公英等野花，有田地里的油菜花、豌豆花、蚕豆花等菜花，有桃花、杏花、梨花等果树花，有房前屋后的家花。城市女人养尊处优、悠闲自得、志趣高雅地去莳花弄草，有的兴许还能借花助兴、发花之微地写些应景文章，可在乡村又有几个女人能偷得半日清闲去伺候花呀草呀的，一年到头她们有忙不完的农活与家务，至多只会在门前一隅的泥地里随手插上一株月季或栀子花树枝。

闻香识女人。城市女人纷繁芜杂，就像城里花圃、公园、绿化带等处难以叫全名字的花。乡村女人千人一面，城里的花被她们认为过于招摇、过于娇艳，就像她们曾经有过的二十郎当岁，月季花与栀子花才是她们心目中最爱的花。可月季花似乎只适合青春年少时期的她们，而栀子花则不然，从三岁女童至耄耋老太，对栀子花的钟爱从来就不曾停歇。栀子花可以称得上是紧紧相伴乡村女人一生的花朵。

每到五月，栀子花就开在房前一隅，开在葱茏的杂树之间，开在潮湿长满青苔的泥土上，绿色衣裳雪白容颜，清香袭人时断时续。此时乡村的农事格外忙碌，忙于农活的乡村女人来不及打扮自己，于是便摘下几朵盛开的栀子花，或放在身上穿着的衣服里，或戴在别好的头发上。她们像一阵风从你身旁经过，你也只可能闻到栀子花香，绝对闻不到水田里烂泥巴和干活后的汗酸味。我记得母亲经常会摘来一些含苞欲放的栀子花，养在房中木柜上一只盛有清水的蓝边碗中，好让清爽的花香驱散房间内的潮湿和霉杂味，消除终日辛苦劳作产生的疲惫。

在农村，几乎家家户户门前都有栀子树。如果谁家没有栀子树，就可以在春天到别人家的树上去折几枝，插在自家门前旮旯里的泥地里，不管不问让其自生自灭。如此等不了几年，就可以坐拥栀子树，在五月坐看栀子花开，享受清爽的心情。

我一直很奇怪，为什么这么多年了，栀子花还待在乡下，没有进入城市？后来在某一年五月的一个清晨，我在县城遇见一个头戴栀子花的农村老大娘，手提一篮栀子花在走街串巷叫卖。我将她和从旁而过的城市女人做了一下对比，发现她们有着很大的不同，一个素面朝天如栀子花，一个化有浓妆厚彩。

栀子花开。路过村庄，有时我真想对着村庄大喊几声栀子。我是多么希望从回转过头来的农村女人身上，看到有一张特别熟悉且在若有所忆的脸庞。

滞后的申请

一个人一生中究竟会有多少申请要写？答案恐怕只能是因人而异、因事而论。作为一种常用文体，虽然申请的内容亦庄亦谐，既可大到政治生活方面，又可小到日常的鸡零狗碎，但其时效和预期一般都很紧迫。然而前不久，我替人写过的一份申请却十分滞后。

今年清明节前的一天，我在办公室突然接到了乡下老舅打来的电话。他先问我清明节放假是否回老家，在得到我肯定的答复后，又叮嘱我回家别忘了帮他写一份申请。清明小长假的第二天上午，我刚回老家不久，老舅闻讯就骑着一辆电动自行车急匆匆地赶来，鞋子和裤脚上都还粘有不少新鲜的泥土。尽管老舅曾干过几十年的村干部，如今已年逾古稀，但他在悉心照料表兄弟家几个留守孩子的同时，每年都还要累死累活地种植棉花、油菜和水稻，靠它们弄个万儿八千的收入。

简单的寒暄之后，老舅拿出包括革命烈士光荣证复印件、民政部门批文原件以及他自己写好的申请草稿等在内的一大堆材料。仔细看完材料之后，我才弄清楚老舅的妻子、我的舅母才是真正的申请人。革命烈士姓程，1949年随渡江解放大军入伍，1953年牺牲于抗美援朝战斗。舅母是烈士唯一的女儿，父亲牺牲时，她年仅五岁。烈士牺牲后，所有抚恤事宜均由烈士的母亲和弟兄经手，根本没让舅母的母亲沾边。1955年，舅母的母亲由于在婆家难以立足，便带着舅母回了娘家。此后不久，迫于生计，舅母的母亲改嫁他人，而舅母一直由其外婆抚养长大成人。

烈士牺牲后，烈士的母亲进了县福利院。一直到1993年，舅母及其母亲都未享受到国家任何抚恤。1993年，经民政部门批准，舅母的母亲总算享受到了一个月39元的烈士遗属补助金。补助金虽然不高，但听老舅说来得却相当不易。舅母的母亲在年老后生活陷入困顿，一到老舅家就啼哭着要他想办法。身为小小村干部的老舅被逼无奈，多次到政府和民政部门反映，在托熟人查阅了烈士档案后，才吃惊地发现烈士的原生家庭程家当初不知道出于什么目的，竟然没将舅母的母亲和舅母作为烈士遗属向上申报。后来，经过反复调查核实，民政部门才批准舅母的母亲每月享受补助，而舅母作为烈士已经成年了的子女并没有被列入。

在我奋笔书写申请的过程中，老舅愤懑地说，现在国家经济富裕了，连60岁以上的农村老人每月都能领到养老金，并且还有许多生活条件不差的人都在吃低保，而像你舅母从五岁到现在六十四岁，却从来没享受到烈士子女的政策待遇，说起来实在让人寒心！

尽管我不知道所写的申请是否有用，但我能充分理解老舅的心情，他只不过是想为老实巴交的舅母向国家申请，为她主张应该享受却没有享受到的权利。我觉得，滞后的申请写得有没有水平并不重要，重要的是老舅和舅母在不久的将来一定能够得偿所愿。

最好的节目

大学毕业晚会在班级教室里举行，我原本想再做一次逃避，结果被同桌硬拉着去参加，以前初、高中举行的毕业晚会，我都找借口选择了逃避。我出生成长于农村家庭，一直在农村学校上学，长期以努力学习考上大学跳出农门为己任，却没有注重综合素质的培养，五音不全公鸭嗓子唱歌难听，平时也羞于练习哼唱，身材矮矬协调性差，不敢上舞场学习跳舞，在公开场合感到特别局促，说话脸红脖子粗打磕绊，自知才艺表演是短板，所以特别害怕参加毕业晚会，去了又不会表演节目，于人于己都觉得扫兴，去了还不如不去。

晚会现场气氛轻松热闹，同学们即兴表演的节目种类不少，展现出来的都是平日难得一见的才艺，唱流行歌曲、表演地方戏剧、拉手风琴、吹笛子、玩魔术、武术表演等等，大概是要毕业离别了，每个人表演结束都会赢得热烈的掌声。第一次轮到我表演节目时，我红着脸向在座的辅导员老师和同学们说了几句表示抱歉的话，恳请他们同意我邀请坐在身旁的同桌代为表演一个节目，因为他拉我来参加时答应过我。大家欣然应允，同桌表演完节目，照例赢得了热烈的掌声。

晚会行将结束，除了我以外，其他参加晚会的同学都表演了节目。不过，主持人并不打算放我，似乎是在有意捉弄我，现场极力煽情，邀请我无论如何都要表演一个节目，并让全场鼓掌欢迎。在热烈的掌声中，我只好硬着头皮走到会场中央，冥思苦想了一会儿，然后我说给大家写一首诗吧。主持人立即拿来粉笔，让我在教室的黑板上书写。

我写的是一首关于离别的诗，将班上总共三十八位同学比喻成三十八只鸽子，将学校比喻成放飞的场所，把从此一别比喻成独自开始飞翔，将日后人生成功的喜讯比喻成从天际传来的鸽哨。当我将十几行的诗写好后，主持人便开始声情并茂地朗诵起来，同学们随后也跟着一起朗诵起来，甚至看到有几个同学打开笔记本抄录。

在晚会散场后，辅导员老师非常激动地对我说，人一定要相信自己，该放开的时候，一定要敢于亮剑，你看今天的毕业晚会，你害怕拿出来的表演节目，却成了最好的节目，成了压轴之作，肯定会让我和同学们经常记起。正是因为在大学毕业晚会上现场作诗，我被不少同学在毕业留言册上恭维为"天才"，被夸张地比作七步成诗的曹植，甚至有同学还希望我能实现梦想成为作家，期待早日看到我的传世佳作。其实，只有我自己清楚，毕业晚会现场情景与极限施压的相互交融，才让我的写作灵感有了一次超水平迸发。

人无压力不进步，衷心感谢辅导员和同学们的喝彩与鼓励。为了不辜负他们的殷切期望，从大学毕业至今，我无论身陷困境，还是身处顺境，都在努力改变自己，争取做最好的自己。我一直都没有放弃阅读写作的兴趣爱好，坚持不懈地在文学道路上默默耕耘，终于在2016年出版了自己的第一本书《洪水中的麦子》，并被母校图书馆收藏。

嬗变与安定

第四辑

身在警营

"520"送锦旗

由于"520"谐音"我爱你",所以围绕它所发生的故事大多浪漫而温馨。在我现场采访的公安交警新闻报道中,也有一件事与"520"密切相关,虽然我并没有问道路交通事故当事人王贵(化名,男,34岁)是否特意选择5月20日送锦旗给办案民警,但我从他急于言表的神态和感激不迭的话语中,还是体会到了他别出心裁的良苦用意。

去年5月20日上午,王贵将一面绣有"人民交警为人民 情真意切暖人心"字样的锦旗,送到了怀宁县公安局交警大队事故处理中队指导员潘祝手中,以此表达他对潘祝和事故处理中队全体民警辅警的感谢。

那年1月5日晚,家住怀宁县茶岭镇的王贵酒后驾驶私家车从县城高河回家。20时40分左右,当他驾车行驶至老206国道高河大桥路段时,因饮酒以及雨天路滑等原因,车辆突然脱道,与路东侧行道树发生碰撞,造成车辆严重损毁,他被卡在驾驶室动弹不得,情况十分危急。

接警后,当班的潘祝带队迅速赶到事故现场,立即组织开展紧急救援和现场勘查工作。在出事车辆驾驶室车门被撬开后,公安法医出身的潘祝在闻到王贵浑身散发酒味的同时,还敏锐地察觉到其颈椎很有可能受伤骨折。潘祝立即让120急救车随车救护人员拿来医用颈托,对王贵颈部采取固定措施之后,才小心翼翼地将其从车内抱出,并及时送往怀宁县人民医院抢救。由于当时王贵伤情十分危重,潘祝又紧急多方协调,连夜将其转往安庆市第一人民医院抢救。与此同时,出于交通事故案件办理需要,潘祝让医院抽取了王贵的静脉血样送检。后经专业机构检测,王贵为醉酒后驾驶机动车。

由于得到及时、专业、有效的救治,王贵得以脱离生命危险,在经过了一个多月的治疗后,他选择了出院回家休养。在王贵住院治疗期间,作为办案民警,潘祝多次前往医院,探视他的伤情,开展案件调查取证,办理取保候审等相关手续，而且每次都对他关怀备至。尽管王贵最终因涉嫌危险驾驶罪被法院判处了缓刑，但他对潘祝毫无怨言，相反还对他热心救助自己满怀感激。

在采访过程中，王贵心情激动地对我说："那天我不遵守交规，喝酒后开车出事，完全是咎由自取，我至今都不敢看当天的事故救援视频，一看到它就感到特别害怕，回想起来也觉得十分后悔。幸亏当天我遇到了潘警官当班，如果不是他，或许我早就不在人世了。我记得我的主治医生说过，如果当时处置不当或者送医不及时，我的下场将会是不死即瘫，哪还有今天这样好好的我？所以，我非常感谢潘警官，是他救了我，也救了我的家，我和我的家人都非常感谢他和他的同事们！"

听完王贵发自肺腑的一番话，我也是深有感触，公安民警只要严格规范公正文明执法，一心一意为群众办实事，就会赢得群众的无比信任和由衷赞许。

(2022 年 2 月 25 日发表于《安徽法制报》)

"卫星"，用奋斗放射着灿烂的光芒
——记怀宁县公安局黄墩派出所教导员杨卫星

"全省公安机关 2015 年度'十大忠诚卫士'，全省公安机关 2016 年度'十大爱民模范'，全省公安机关 2017 年度'十大服务先锋'，我局连续三年有三名青年民警在全省公安机关年度'4+1'岗位争先活动中荣获最高荣誉，这对于一个县级公安机关非常难能可贵。"安徽省优秀公安局怀宁县公安局政工监督室副主任吴斐介绍说，"近几年来，我局机关单位和民警受到了不少省级以上公安机关表彰奖励，而在其中发挥'羊群效应'领头羊作用的，就是荣获全省公安机关 2015 年度'十大忠诚卫士'、现任怀宁县公安局黄墩派出所教导员杨卫星同志。"

杨卫星，男，汉族，1977 年 12 月 19 日出生，本科文化，中共党员，二级警督，1999 年 7 月从安徽省人民警察学校毕业分配到怀宁县公安局工作，先后在怀宁县公安局高河分局（高河派出所）、治安大队、特巡警大队、刑侦大队工作，历任民警、特巡警大队案件中队中队长、刑侦大队副大队长。2018 年元月至今，任怀宁县公安局黄墩派出所教导员。从警校毕业后，他先后自修取得了专、本科文凭，积极参加各种专业培训，努力向书本学，向行家学，在实践中学。持之以恒的学习和多警种的锻造历练，让他具备了苦心思考、善打硬仗的能力，逐渐成长为全县公安系统执法办案的行家里手。从警以来，他始终战斗在一线，累计侦破查处各类刑事、行政案件 2000 余起，打处违法犯罪人员 1000 余人，先后被评为怀宁县公安局优秀办案能手、安庆市公安机关"十佳平安卫士"、安徽省杰出人民警察、安徽省公安机关"十大忠诚卫士"，荣立个人一等功一次、个人二等功一次、个人三等功一次、嘉奖五次，并光荣当选为安庆市第十一次党代会代表。

　　2018 年初秋的一天上午，在吴斐副主任的联系安排下，我们慕名前往黄墩镇，走进黄墩派出所，面对面采访浸润在众多荣誉光环中的杨卫星。黄墩镇位于怀宁县中部，坐落在风光旖旎的独秀山脚下。该镇地理位置优越，自然风光秀美。近年来，随着"水果皇后"——蓝莓种植面积迅猛扩大，该镇不仅已经荣获"安徽省蓝莓第一镇"称号，而且以其为主体的国家级独秀现代农业示范区正在创建之中。昔日声名有些狼藉的"黄泥巴墩"，如今享有"生态独秀、蓝莓之乡"的美誉。经济的繁荣，社会的和谐，当然离不开公安机关的保驾护航。作为维护社会治安的前哨，服务人民群众的公安机关派出机构，黄墩派出所近年来致力于蓝莓之乡平安法治建设，构建和谐警民关系，为促进现代农业发展、维护社会治安稳定作出了积极贡献。

　　刚进派出所院内，我们就见到了正在布置工作的杨卫星。他中等个头，蓄着短发，警服笔挺，警容整洁，举止得当，精明干练。当他准备将我们领上办公楼时，一辆从院外驶入的公安制式警车戛然停在楼前，车内两位民警朝他打着招呼。他一边回应，一边向我们解释："两位老师，不好意思，石镜派出所有个案件需要我陪同到秀山中学去了解一下情况，可能要耽误一点时间，你们先到我办公室坐一会儿。"他把我们领进不大却非常整洁的教导员办公室，沏好茶后就急匆匆地走了。大约过了半个小时，汗湿了上衣后背的他回到办公室，满怀抱歉地说："让两位老师久等了，所里总共才四个民警，所领导就只有所长和我，所长最近忙着搞新兵政审，所以找我的事格外多。"接下来，他给我们出示了多年收集保存下来的先进事迹材料、发表的新闻稿件、撰写的调研文章和演讲稿，绘声绘色地讲述从警经历的纷繁警事，推心置腹地回答采访提问。

　　其间，还发生了一个小插曲。正当我们谈兴正浓时，一名带着两个十几岁男孩的中年男子推门进来，扯着嗓门质问："杨教，我从外省专门带两个小孩回来初次办理身份证，可户籍室民警说小孩上身穿的衣服颜色浅了，照不了身份证照片，办不了身份证，现在叫我上哪儿找深颜色衣服，你们派出所是怎么服务的，怎么不准备一些衣服？"杨卫星不卑不亢地向他解释办理居民身份证必须注意的事项，最后提出建议让他上街去买一套深色 T 恤供两个孩子照相共用，才让那个中年男子心悦诚服地离去。

　　回溯一个个真实的案例，现场耳闻目睹到的一切，都让我们真切地领略到公安工作的纷繁复杂和艰难险阻，同频共振于随时准备亮剑的警察的剑胆琴心，也更加体会到"哪有什么岁月静好，只不过是有人替你负重前行"的深刻内涵。可当天杨卫星最让我们刮目相看的，不是他办过的一个个经典案例，而是这样的一个细节——他从办公室文件柜里捧出五六本工作日记，用手比划着告诉我们，自参加公安工作以来，他就养成了每天坚持记工作日记的习惯，这几本只不过是与近几年工作有关联的，如果真要将自己所有的工作日记本摞起来，那恐怕将近有1米高。

细节决定成败，经验在于积累，没有人能随随便便获得成功！这哪是一本本样式各异的公安工作日记，分明就是一个用心奋斗着的警察用汗水和心血书写的青春报告！精诚所至，金石为开，也无怪乎他能从成千上万名公安民警中脱颖而出！

心境善，事事皆善；心境美，事事皆美。从佩戴上金色盾牌的那一天，杨卫星就开始怀有一颗忠于党、忠于国家、忠于法律的赤胆忠心；一颗疾恶如仇、除暴安良、敢于担当的正义之心；一颗换位思考、将心比心、贴近群众的拳拳爱心。更难得的是，他还有一颗非常懂得感恩的心，正如他在所做的演讲《军功章里也有你的一半》中所言："我感恩繁重工作带给我的磨砺与锻炼，使我的技艺更加纯熟，使我的经验更加丰富，使我有能力迎接更猛烈的风雨。面对批评，我能够虚心接受，因为我对领导怀有感恩之心，知道只有在领导的正确率领与指导下，我才能明确工作的目标和前进的方向，才能在一个个疑难重案中摧城拔寨；面对困难，能够迎难而上，因为我对工作怀有感恩之心，知道这份工作给予了我在这个社会中生存下去的基本保障，赋予了我崇高而神圣的职责；面对矛盾，我能够化干戈为玉帛，因为我对同事怀有感恩之心，知道是同事之间的互相扶持，患难与共，背靠背的信任，才能让我在一次次险象环生的任务中平安凯旋。面对生活，我更应该感恩家人和朋友对我工作的理解和支持，因为父母妻儿在我身心疲惫的时候，给予我一个温暖的避风港，朋友兄弟在我失意落寞的时候，给予我一个倾诉的安全地。"

金色盾牌，热血铸就。少年壮志不言愁，峥嵘岁月竞风流！用心努力工作，用心努力奋斗，从青葱小伙到帅气大叔，杨卫星把自己最美好的青春岁月完全奉献给了公安事业。习近平总书记说："现在，青春是用来奋斗的；将来，青春是用来回忆的。"是啊，奋斗的青春最美丽，奋斗的青春更无悔！且让我们来看看杨卫星是怎么做的，大家又是怎么评说的——

领导说："从细微处捕捉战机，小民警侦破大案件。"

"何局长，我总觉得这个案子不会那么简单，请让我对它做进一步审查。"

2005年4月的一天深夜，时任怀宁县公安局高河分局（高河派出所）民警的杨卫星带队在怀宁县新县城高河城区巡逻时，发现一辆捷达轿车上五名驾乘人员形迹可疑，在盘查时从车中查获一副套牌汽车牌照。其时，怀宁县县城从老县城石牌镇迁址新县城高河镇不久，各项工程建设方兴未艾，人口流动非常庞杂，社会治安管理任务艰巨。杨卫星看到巡逻人员与嫌疑人员人数上对等，分开盘问时又疑点重重，便果断地将嫌疑人和车辆一起带到分局，随后审查出该五人团伙几天前在高河城区盗窃一辆摩托车的犯罪事实。然而，他并没有避重就轻，至此休手，而是主动请命，顺藤摸瓜，通过进一步立案侦查，成功侦破以方某为首的五名犯罪嫌疑人在池州市实施绑架、抢劫、强奸作案多起的犯罪事实。后来，该案主犯方某被判处有期徒刑十年六个月。

直到今天，时任怀宁县公安局高河分局局长（高河派出所所长）、现任怀宁县公安局副局长何申国对这起案件还是记忆犹新。他说："这起系列案件破得非常漂亮，杨卫星本来只是带队在城区执行治安巡逻任务，但他却从细微处捕捉战机，主动向我请命，日夜奋力攻坚，最终小民警侦破了大案件，并为对此已经立案在侦的池州市警方节省了不少办案时间。"

在执法办案过程中，他言行一致，特别注重策略和方法。

2015年4月13日，在怀宁县重点工程华能风电升压站项目工地上，发生了一起阻挠施工的案件：当地一中年妇女钱某带着患有再生障碍性贫血的儿子和残疾的弟弟以及年迈的母亲以土地为由，阻拦机械进场施工，导致现场一片混乱。为控制事态进一步发展，时任特巡警大队案件中队中队长的杨卫星奉命带领队员到现场处置。他冷静指挥，合理分工，制定出"保护好重病患者，让他们不冲动；看护好残疾年迈者，让他们不乱动；带离约束好为首者，使他们不能动"的行动策略，并亲自将情绪激动的钱某带离现场。在对钱某进行询问时，杨卫星始终真情引导，使她懂得公安机关处置的细心、教育的真心、工作的耐心和执法的决心，最终使钱某幡然醒悟。虽然现场控制了钱某的情绪，但是埋在她内心深处的问题症结还没有解决，杨卫星看在眼里，急在心中。因此，在钱某行政拘留执行完毕后，杨卫星多次主动上门走访，针对钱某家庭生活困难的实际，积极联系地方政府和相关部门，积极为她提供帮扶，帮助申请困难补助和大病医疗，真心实意地解决了她的后顾之忧。也许，一个人经历得越多，才会变得越来越成熟和稳重，才能静下心来思考，最终就会明白利害得失。事后，彻底冷静下来的钱某一家对杨卫星所做的这一切感动不已。

战友说："面对危险，'让我来'就是杨队的口头禅。"

皖河之水，潺潺流淌。绵长河畔，繁衍生息着这样一座千年古镇，它就是全国闻名的黄梅戏之乡、京剧"无石不成班"的发源地——怀宁县老县城石牌镇。2016年5月21日，该镇一家足浴场所发生一起故意杀人案，犯罪嫌疑人汪某某将其姘妇残忍杀害后逃离现场。血腥的杀人案打破了古镇褪尽县城繁华之后所呈现出来的舒缓与安宁。根据专案指挥部研判得出的信息，犯罪嫌疑人汪某某在安徽省宣城市出现。5月22日23时许，时任特巡警大队案件中队中队长的杨卫星接令带领三名特巡警队员火速赶赴宣城市。到达目的地后，他们克服长途奔袭的疲惫，连夜秘密在该市长途汽车站蹲守查控。根据掌握的线索，犯罪嫌疑人汪某某身强力壮，身上常年携带管制刀具，社会危害性非常大。为防止意外发生，杨卫星始终坚守一线，保持高度警醒，一夜未曾合眼。5月23日7时30分，早已练就火眼金睛的杨卫星敏锐地发现，躲在候车大厅一个角落的一名男子的体貌特征，与描述的搜寻目标犯罪嫌疑人汪某某非常接近。于是，他立即向上级报告，请求警力增援。待到增援的抓捕警力赶到，杨卫星果断下达抓捕命令，并带头冲上前去。其他抓捕民警合力出击，一举将犯罪嫌疑人汪某某擒获。当时，犯罪嫌疑人汪某某正准备乘车潜逃，而且身上携带有一把尖刀。由于民警们出手迅速，犯罪嫌疑人汪某某没有任何反抗的余地。至此，怀宁"2016.5.21"故意杀人案成功告破，从接警到将犯罪嫌疑人抓获归案，公安机关用了不到三天时间。

原怀宁县公安局特巡警大队民警、现怀宁县纪监委工作人员李志昆说："在特巡警大队工作时，杨队是我跟班作业的师傅，跟在他后面几年，他手把手教会了我不少东西。特别是每次面对危险，'让我来'就是他的口头禅。他总是一边喊着一边就带头冲上前去，这种勇往直前的大无畏精神让我特别敬畏，也值得我终身学习和效仿。"

群众说："我只是想来看看小杨警官。"

"小杨警官真的很不错！"陈老爹逢人都这么说。他口中的"小杨警官"就是杨卫星。2014年9月份，家住怀宁县高河镇前进居委会的陈老爹，在定居苏州的儿子那儿生活了十多年后又回到了老家。回到老家以后，他除了正常的走亲访友外，心里还特别想去看看当年高河派出所的那个"小杨警官"。如此情未了，却是为何呢？原来，十多年前，陈老爹因为琐事与家庭成员发生剧烈纠纷，时任高河派出所民警的杨卫星多次主动上门调解，最终使一家人和好如初。陈老爹辗转到高河派出所打听，得知杨卫星已经调到特巡警大队工作，在打听到特巡警大队的驻地后，时年76岁的陈老爹骑着电动车就往大队赶。第一次，由于杨卫星在外办案，陈老爹扑了个空。没过几天，心有不甘的陈老爹再次骑着电动车赶到大队，这次两人终于相见。见面当时，两人亲热握手，娓娓而谈，看见此情此景的特巡警大队队员们都还以为来的陈老爹是杨卫星家的老亲。

陈老爹说："我什么都不为，只是想来看看小杨警官，看到他好好的，我特别放心，特别高兴，不过小杨警官已不再那么年轻。"没有任何血脉渊源，仅是十几年前处理一次家庭纠纷中的相处相识，而且双方十多年一直没有联系，小杨警官又凭什么被陈老爹一直惦记？不是亲人胜似亲人！在杨卫星的工作生活中，这样的亲人，又何止陈老爹一人？不过，这样的亲，杨卫星还是很乐意继续结下去。

亲朋说："只要违法犯罪，就别想找他帮忙，还是主动认栽吧。"

"你才多大的官，一个中队长！还执法如山，不讲一点情面！哼，走着瞧！"有人这么背地里说杨卫星的狠话。2010年11月份，吴某在承包怀宁县城独秀大道延伸段工程时，因忍受不了周边群众对工程施工的反复滋扰，无视依靠公安机关为施工保驾护航的作用，竟然产生了"以打开路、一打百了"的愚蠢私念，并很快付诸行动。11月10日上午，他不惜花大钱从安庆市区租用了十六七辆出租车，满载打手浩浩荡荡地开进施工现场，对敢于上前阻拦施工的群众迎头攻击，当场打伤群众数人，场面十分血腥吓人。此起寻衅滋事案件发生以后，在当地引起强烈的社会影响，一方面涉及县城重点工程建设环境，一方面又涉及农民土地征收、拆迁安置、失地农民的劳务用工等。负责主办侦查的特巡警大队案件中队中队长杨卫星排除人情干扰、认真细致调查、快速果断处置，对涉案的40余人，除少数几个未成年人之外，对其中10人采取刑事强制措施，给予31人行政拘留，为首的吴某等3名犯罪嫌疑人随后被怀宁县人民法院依法判处有期徒刑。此案司法程序与行政处罚并举，彰显了其过硬的打击处置能力，为县域社会经济发展起到了保驾护航的积极作用。其间，有人曾托关系找杨卫星说情，希望能网开一面，在遭到杨卫星拒绝后，便说了前面的那句狠话。

对于违法犯罪，杨卫星执法办案，素来铁面无私，毫不心慈手软。"还我父亲的眼睛！不然绝不放过你们！"医院门前，王某在大声叫嚣着。2014年7月14日，王某以其父亲右眼被怀宁县人民医院误诊失明为由，纠集亲属在医院闹事，严重影响了医疗场所工作秩序和现场交通秩序。事发后，杨卫星根据指令率队果断处置，将在现场带头闹事的主要行为人强行带离。随后，以聚众扰乱社会秩序案立案侦查，当天对犯罪嫌疑人王某予以刑事拘留。这是怀宁县首例因"医闹"立刑的案件，该案件的成功办理得到省、市、县电视台的多次报道，犯罪嫌疑人王某也在镜头前忏悔警示，以案释法取得了非常好的法律效果和社会效果。

有法可依，有法必依，执法必严，违法必究。多年来，只要是杨卫星负责的案件，如果有人想通过他的亲朋疏通说情，那肯定会被他们拒之千里："只要违法犯罪，就别想找他帮忙，还是主动认栽吧。"社会上知情的人，都打心眼里佩服他敢于动真碰硬。

妻子说："作为你老婆，我觉得你是个傻子；但作为女人，我又觉得你是一条汉子。"

2015年7月2日，是一个令杨卫星和家人都十分难忘的日子，因为在这天他用殷红的鲜血书写了人生道路上的一个里程碑。血红的青春，血红的诗篇，血红的音符，昭示着一个永恒的主题：沧海横流，方显英雄本色，危险时刻，还是人民警察能顶得上！这天上午，怀宁县政府组织相关部门对县城稼先大道延伸段一处违章建筑依法进行拆除。不料，却遭到被拆迁户张某的百般阻挠，后来竟手持一把菜刀架在自己脖子上以自杀相威胁："谁来拆，我就死给谁看！"张某企图阻止执法人员开展工作。张某这突如其来的过激举动，引起现场工作人员和围观群众的极度恐慌，现场顿时陷入一片混乱。紧张焦灼的空气弥漫四周，谁也不敢接近，谁也不敢劝阻。

这时，接到警情指令后的杨卫星带领几名特巡警队员第一时间赶到现场。此刻，围观群众越来越多，中心现场却空无一人。为防止发生意外，杨卫星一面上前耐心进行劝阻安抚，一面机敏地捕捉时机。"两害相权取其轻"，杨卫星心里在想：就算她把身体别的地方划伤或者自己划伤，也绝不能让她把关键部位颈动脉割开。尽管当时携带有防割手套等警用装备，但是为了避免进一步激化张某情绪，他摊着双手，一边耐心地做着说服劝导工作，一边趁张某因故分神的那一刹那果断出击。说时迟那时快，杨卫星一手拽开她握菜刀的手腕，另一只手抵在她的脖子上，撑开架在颈动脉上的刀锋，再将她手上的菜刀夺了下来。虽然突发险情被排除了，但是杨卫星的右手虎口、手腕等多处却被菜刀割开，划出深深的创口，伤口深达肌肉层，而张某是毫发未损。直到如今，杨卫星的右手虎口、手腕等处还留有几道清晰的疤痕。曾经不止一次，有不知情的朋友讪笑着问他：你右手腕静脉处的那道疤痕，是不是因为年轻时恋爱表决心割腕留下的？每逢此时，杨卫星只能无奈地报之以笑。

　　说到恋爱，就不能不提到杨卫星的妻子。杨卫星和妻子是初中同学，两人青梅竹马，从1993年相识，经过爱情的长跑，直到2002年才结婚。恋爱期间，中专毕业的妻子在单位遭遇下岗，也因此对这场爱情不抱什么大的希望。她甚至主动对杨卫星说过，不想拖累他，让他重新选择。但杨卫星对爱情始终不离不弃，坚如磐石。结婚后，夫妻一直相亲相爱。杨卫星工作很忙，有时一出差就是一个多星期，曾经有两个月在外出差就有四十多天。对此，他妻子习以为常，觉得既然选择当警察老婆，就等于选择了他的一切。她默默无闻地甘当贤内助，不仅要照顾丈夫和儿子的工作、学习和起居生活，而且后来还自己选择了再就业，现在工作干得十分出色。她以任劳任怨、自强不息的实际行动，展现出了一名新时代女性特有的魅力，演绎出平凡警嫂的别样情怀。

　　其实，夺刀受伤的那天，杨卫星心里十分矛盾：刚开始，他也准备告诉妻子自己受了伤，但又想到她正在上班，害怕她慌里慌张骑车到医院在路上出危险。于是，就暗自决定趁她中午下班回家，看到自己好好的，再对她说也不迟。然而，近晌午的时候，特巡警大队大队长先打电话给她了，说杨卫星受伤在县人民医院急诊室里。当时，杨卫星不用想都知道妻子是怎样的紧张了，因为妻子曾经亲口告诉过他：最让她担心害怕的，就是突然从别人的口中或新闻报道中传出他的英勇事迹，因为在那背后，一定会有他难以言说的汗水、泪水甚至鲜血。在急诊观察室里见面的那一刻，杨卫星看着妻子默默流泪的双眼，心里也十分难受，因为从事公安工作，自己心爱的女人不仅要承担几乎全部的家务，而且还要时刻承受巨大的精神压力，警察的老婆真的是太难当了！

　　杨卫星妻子记得，丈夫受伤住院的那天，前来医院看望慰问的县委、县政府和县公安局领导一再要求他，一定要在医院好好修养，留院好好观察。可到了傍晚，他却要离开医院回家。主治医生劝他，他却说："明天我还得回单位上班，手头上还有好多工作要急着处理。"

杨卫星记得，当晚，躺在家里床上休息时，妻子怯怯地问起当时的事发经过，当听到他说看到中心现场无人上前制止就不顾一切第一个冲上去夺刀的时候，她竟忍不住轻拍了一下他的臂膀，心疼而又自豪地说："你呀，作为你老婆，我觉得你是个傻子；但作为女人，我又觉得你是一条汉子。"那一刻，这句话，让他深深地觉得痛并温暖着。

杨卫星说："当警察就意味着奉献，没有大家哪来的小家？在群众最需要的时候，就一定要及时出现。"

风雨无情，人有情；风雨无情，人间有爱。2016年入汛以来，怀宁县普降大到暴雨，持续不断的强降雨天气，致使该县万亩大圩之一的黄龙镇杨联圩遭受重创，圩堤岌岌可危。杨联圩告急！黄龙告急！大堤一旦溃破，将直接威胁到圩内近万名群众的生命财产安全。怀宁县防汛抗旱指挥部紧急下达命令，将防汛应急响应由Ⅲ级提升为Ⅱ级，防汛抢险工作进入最关键的时刻。危急关头，怀宁县公安局迅速组织抗洪抢险突击队，杨卫星与战友们于7月2日凌晨4点紧急开赴受灾最严重的黄龙镇杨联圩灾区。此时杨联圩水位已涨至21.8米，超警戒水位近2米，且圩堤多处出现管涌险情，圩内6个行政村尚有近千名群众没有来得及转移。洪水到警戒水位，抗洪斗争进入紧张阶段。雨区范围之广、雨量强度之大、持续时间之长，均为有记载以来的历史最高纪录。"水涨堤高，人在堤在！先救人要紧！决不能让一个群众遭遇危险！"杨卫星说着，便带领十名民警蹚过湍急的洪水，一边挨家挨户地上门查验，一边紧急疏散转移被困群众。经过连续奋战，共疏散村民380余户，安全转移群众800余人。杨卫星和战友们用顽强的毅力和坚定的信念，为灾区群众构筑起一道坚不可摧的"钢铁长城"。

随着全县防汛形势趋于缓和，防汛救灾工作的重心便转移到对受灾地区的治安防控上。针对辖区"地方小、人员多、密度大、警力少"的状况，杨卫星创新工作方法，提出"多深入、多接触、多沟通、多询问"的"四多"工作法。这一方法果然奏效，在当地政府的组织动员下，许多志愿者也积极参与维护灾区社会治安稳定的工作中，从而大大提高了街面见警率和盘查率，增强了灾区群众的安全感和满意度，实现了灾区社会面的"零发案"。

"想群众之所想，急群众之所急，帮我们找回女儿的公安民警真是群众的守护神！"2017年4月初，怀宁县黄龙镇黄龙初中三名只有十三四岁的初二女学生，在家留下遗书后集体失联。接到失联学生亲属和教育部门的报警后，怀宁县公安局高度重视，立即抽调精干力量，成立以刑侦大队为主力的专案组，开展侦查。时任安庆市副市长、市公安局局长对失联女生事件做出专项批示。怀宁县委、县政府主要领导明确要求公安机关尽快查找并安全解救三名女生。

她们到底为什么离家出走？不辞而别，究竟又去了何方？时任刑侦大队副大队长杨卫星和专案组民警通过调查走访、信息研判及视频追踪，发现该三名女生于4月2日下午从安徽省宿松县进入湖北省武汉市境内。事不宜迟，跟踪追击。杨卫星和专案组民警连夜前往武汉市开展工作，几经周折，终于发现三名女生被一嫌疑男子柯某安排住宿后失去踪迹。柯某是何许人？女生被藏匿何处？经过查询，柯某系湖北省武汉市武昌区人，有吸毒史和盗窃前科，且曾两次被判刑。此时，失去踪迹的三名女生处境十分危险，必须快速查找到她们。为此，杨卫星精心研判追踪柯某轨迹，发现其在湖北省黄石市、武汉市多次往返活动。经过周密策划，4月5日夜，杨卫星带领专案组民警在武汉市将柯某抓获。就地连夜突审，柯某交代已将三名女生拐到浙江省桐庐县一洗浴中心。"绝不能让女孩子受到侵害！我们连夜赶到桐庐！"杨卫星火速向专案指挥部汇报，并带领专案组部分警力赶到桐庐县，于4月6日早晨将三名女生成功解救，以最快速度保证了她们的人身安全完好。解救了女孩，杨卫星心里久久不能平静。在现场，被解救的三名女生后悔地哭诉："要不是警察叔叔及时出手，我们就可能要被人祸害，只怪我们太无知！"看到女儿安然无恙回家，三名女生亲属由衷地发出了对公安民警的赞美之辞。

从刚参加公安工作到派出所当民警，到现在又轮回到派出所当所领导，经过不同公安警种和工作岗位历练的杨卫星显得更加成熟。今年40岁才出头的他觉得，出身极其普通的农村家庭，经过苦干、实干和巧干，能有今天这样的成就，除了自己用心奋斗外，更重要的是党的教育和组织上的培养。被组织提拔安排到黄墩派出所工作，也让他觉得自己与黄墩镇非常有缘，因为他高中就毕业于位于黄墩镇境内的怀宁县秀山中学。因此，进入黄墩派出所工作以后，他迅速找准目标定位，与全体干警凝心聚力，以加强乡风文明建设、护航乡村振兴战略为重要抓手，坚持"以打促防，打防结合"原则，深入开展乡村振兴护航行动。"警力跟着警情走"，以人民为中心守护社会平安。杨卫星深有感触地说："人民群众的安全感、幸福感和满意度，是衡量公安工作的尺子。公安工作做得好不好，老百姓最有发言权。"

采访即将结束时，杨卫星深情地说，当警察随时可能面对危险，谁也无法预料和避免不期而至的流血与牺牲，但我始终坚信正义必定战胜邪恶，我将努力践行习近平总书记对公安工作提出的"对党忠诚、服务人民、执法公正、纪律严明""四句话、十六字"总要求，不忘初心，砥砺前行，永远做党和人民的忠诚卫士！

卫星，在奋斗中冉冉升起！不停闪烁着耀眼的光芒！安徽省杰出人民警察、安徽省公安机关"十大忠诚卫士"……，美丽的光环在绽放中不断放大。这是青春的多彩，这是奋斗的斑斓。青春，写下一首首抒情的诗；奋斗，谱出一支支感人的歌。我们坚信：明天的"卫星"，将会放射出更加灿烂的光芒！那映日的彩虹，将会为他披上七色的彩带！

（郑生发、程谱合著，入选 2019 年 3 月由安徽省公安厅编、安徽文艺出版社出版的《警营利剑》报告文学集，有改动）

到派出所撒酒疯

下午三点多，一辆破旧的二轮摩托车轰轰直响地开进了乡派出所院内。从车上下来一高一矮、三十多岁的农民，高个微胖的是驾驶员，矮个精瘦的是乘客。从两个人的走路神态来看，矮个显然喝了不少酒。

在院内没走几步，高个一把拖住矮个问："你还没有告诉我，送你来派出所干什么？"

矮个迅速挣脱，口齿不清地说："这不用你管，你只要把我送到派出所，就完事了。"

"那不行，你开始怎么说的，怎么说话不算数？有事就赶紧办，没事我送你回家，你酒喝多了。"高个说完，又拉住了矮个。

矮个嘴里嘟囔着："我没有喝多，没有你送，我自个也晓得来。"他拼命挣扎，最后躺到地上，死活也不肯走。

高个见一时没辙，丢下了一句骂人的气话，径直骑上摩托车离开了。

随后，矮个从地上爬起来，朝派出所办公楼走去。门卫连忙问他找谁。矮个说找吴警长。吴警长的办公室正好在办公楼一楼。矮个摇摇晃晃地走到吴警长的办公室门口。正是上班时间，吴警长也正好在办公室办公。矮个站在办公室外面，接二连三地大声直呼吴警长的姓名。吴警长从办公室里走了出来。

矮个用手指着吴警长，指名道姓地大声问："你认得我啵？"

吴警长回答道："认得呀，你是王河村的王言高，今天来找我有什么事？"

王言高气鼓鼓地说："有事！我要告你！"

吴警长连忙问："你为什么事情要告我？"

王言高说："你别以为装糊涂就行了。"

吴警长说："我是真不知道，有话请直说。"

王言高说："好，你要我说，我就说。我说了就不怕，我家里也不是没有人，我表叔在市公安局，省公安厅我家也有人……"

"别扯远了，你说吧。"吴警长迅速打断了他的话。

王言高说："那年我告村书记儿子违反计划生育，他打了我，你是怎么处理的？"

吴警长说："噢，那是多少年前的事了，不是已经调解处理过了吗？"

王言高说："你包庇了他。"

吴警长说："你讲话可要有证据。"

王言高说："怎么没有证据？"

吴警长说："那你把证据拿出来。"

王言高说："今天不行。"

吴警长问："那什么时候行？"见王言高没有回答，又说，"你拿证据去告我好了，随便到哪儿去告都行。"

可王言高还是不依不饶，一味地大喊大叫，惹来不少不明真相的群众来看热闹，同时也惊动了在二楼办公的所长。

所长也没有问出王言高一个所以然，见他酒气熏天，便让人将他送出院外。

然而，没过一会儿，王言高又回到了院内，继续大喊大叫说要告吴警长。

所长见状立即联系王河村，吩咐工作人员将王言高看护起来，等村里来人将其领回家。

王言高被带进了办公室，便吓着了，在里面耍赖，要用头撞墙来吓唬人，可一听有人说不要拉让他撞后，立即就不撞了，哭喊着要回家。再见到吴警长，他泪流满面地说："吴警长，你哪不认得我哇，我爸是看皖河闸的王犬伢，今天我求求你，别关我，放我回去，我再也不告你了。"

如果王言高没有说出最后的一句话，全程在场的我是一点都不会同情他，反而觉得他是在作，是酒喝多了撒酒疯，却找错了地方。

王言高见吴警长没有立即回应，最后又说："我哪不可怜啊！父子两个人，我今年都三十六岁了，还没找到老婆。"

乍听起来最后这句话与整个事件似乎扯不上半点关系，但我觉得它似乎又是整个事件的起因，可怜又可嫌的王言高似乎是在想用到派出所撒酒疯这件事，来证明自己不是一个任人宰割的怂人，不再让人觉得自己可怜，可最终他还是给了人他心里最不想给人的感觉。

牢记初心使命　从警梦想薪火相传

去年高考，儿子被安徽公安职业学院录取。儿子毕业后，很可能成为一名人民警察。为此，许多亲朋好友向我表示祝贺，他们说得最多的一句话就是："你的警察梦终于让儿子给圆了！"

如果说我的警察梦来源于当警察的大哥，那么大哥的警察梦堪称机缘巧合。1985 年，我的大哥从重点大学中文系毕业。作为优秀学生干部的他，在毕业分配时有两个省直属单位可供选择。最终，他选择了安徽省公安厅。

很多年后，已过知天命之年的大哥说出了他当初选择当警察的初衷——他当年参加高考时，在考场外看见一名正在执勤的高个子警察，觉得其无比英武，于是便有了当警察的梦想。从警 30 余年，大哥一大半时间都在从事公安民警优待抚恤互助工作，亲眼见证了人民警察帅气形象的背后，饱含着辛苦与劳累，甚至流血和牺牲。

1999 年，我报名参加了安徽省首次面向社会公开招录人民警察考试。在笔试和体能测试中，我的综合成绩排名前列，但因为身高差了 2 厘米而被淘汰。

2000 年，我的儿子出生了。虽然在招警考试中失败，但我没有放弃警察梦。我来到一个农村派出所，成为一名辅警。2004 年，因为擅长写作，我被怀宁县公安局交警大队聘为从事宣教工作的辅警。

15 年来，我一直坚守在交通安全宣教岗位，努力讲好警察故事。2017 年，我成为安徽省作家协会会员。2019 年，我有幸成为安徽省公安厅主编的公安英模报告文学集《警营利剑》的一名编委，为怀宁县公安局一名优秀民警撰写先进事迹。

而儿子的警察梦，多少受了我潜移默化的影响。儿子高考成绩超出二本线十几分，在填报高考志愿时，他说想填报提前批次的公安院校。我表示大力支持，并从高考结束后就起早摸黑地陪他训练体能。

通过安徽公安职业学院体测面试的那天，儿子得意地告诉我，在回答"假如成为一名人民警察，你将如何去做"的提问时，他结合习近平总书记提出的"对党忠诚、服务人民、执法公正、纪律严明"总要求，从国家、社会、个人三个层面作答，让面试考官们感到很震撼。一名考官还拍了拍他的肩膀说："小伙子，加油！"

听到这里，我觉得很惊讶，就问儿子是怎么知道"十六字总要求"的。儿子说："'十六字总要求'是我在您办公室的《人民公安报》上看到的，我看一次就记住了。"

由于经常加班加点，我有时会把儿子带到办公室看书读报。没想到，竟收到了令人意想不到的效果。

儿子如愿以偿地考上了他心仪已久的刑事侦查专业。到大学学习一年多来，无论是思想上还是行动上，儿子都表现出了一名预备警官的水准，他还特别崇拜毕业于安徽公安职业学院的张劼、张万党、张雪松等公安英模。今年暑假，儿子主动要求到刑警队实习了两个月。不管工作多苦多累，他都积极乐观去面对。

民警、辅警、预备警官，分别对应着大哥、我和我的儿子，也分别对应着早已实现的、未能实现的和即将实现的警察梦。它们虽然属于不同年代，但环环紧扣、薪火相传，反映了我这个普通家庭对人民警察这个职业始终不渝的崇敬和向往。

（2019 年 9 月 17 日发表于《人民公安报》）

少些批评，多些参与

前段时间，在某市城区配置有交通信号灯和交通违法抓拍系统的路口，陡添了不少维护交通秩序的警察。可从他们的着装来看，并不完全都是交警。后来经过了解，原来是为了确保道路交通秩序在即将迎来的城市文明程度指数测评中少丢分，得高分，该市公安局从局机关科室及其他警种抽调了大批警察与交警，一起参与路面执勤，即使高温酷暑，也丝毫不敢放松。在执勤警察严看死守和严格管理下，虽然道路交通秩序比以前明显改善，但付出的却是超范围和超负荷工作，甚至有个别警察晕倒在岗位上的代价。然而尽管如此，仍有少数群众毫不客气地批评公安机关是在作秀，认为既然有交通信号灯和交通违法抓拍系统，根本就犯不着如此兴师动众。

诚如斯言，加强道路交通管理，预防和减少交通事故发生，保障交通安全畅通有序，为经济社会发展提供良好的交通环境，是公安交警的职责所在。道路交通秩序不好，板子应该打在公安交警身上。不过愚以为，虽然板子该打，但轻重应视"不去管""管不了"与"管不好"三种具体情况而定。公安交警不去管是玩忽职守，管不了是鞭长莫及，管不好是成效式微。

文明城市对道路交通秩序的要求很高，如果一个城市在文明方面存在先天不足，那么就很难单靠公安交警管理达到目标。在文明城市创建过程中，公安交警往往由于警力不足难以做到管理触角全覆盖，容易很被动地形成"管不了"。既然"管不了"，又从何谈"管得好"？迫于部门创建工作责任和压力，公安机关整合系统内部可用警力，全警上路协助交警管理道路交通秩序，并不是在作秀，而是不得已而为之。

文明交通是文明城市的首张名片。实现文明交通的关键在于城市规划、建设、管理以及交通参与者的文明交通素养。近年来，随着国家经济实力不断增强，城市建设越来越现代化，城市规划建设管理的能力和水平都有了大幅提升，可交通参与者的文明交通素养仍然相形见绌。正是由于文明交通素养的不足，才导致了"中国式过马路"等交通陋习在城市依然存在，才导致了配置有交通信号灯和交通违法抓拍系统的路口，仍需要公安交警执勤。公安交警在路口执勤，采取现场查处规范管理只是手段，最终目的还是通过制止、劝导和宣传，来促进交通参与者文明交通素养的提高。

根据今年第四次全市城市文明程度指数第三方测评结果分析，我县城区公共秩序中的道路交通秩序是失分重点，机动车乱停乱放、非机动车和行人闯红灯、非机动车不按规定车道行驶、行人乱穿行等乱象存在，是造成失分的主要原因。由此不难看出，我县广大交通参与者的文明交通素养还亟待提高，自觉参与县城文明创建的意识还有待加强。当前，我县根据"党委领导、政府主导、社会协同、公众参与、法治保障"安全工作机制，实施县城"门前三包"暨"三城同创"网格化管理，就是要厘清部门责任，细化工作任务，动员社会力量，协同参与创建。无独有偶，今年12月2日第五个"全国交通安全日"，主题也是"社会协同共治，安全文明出行"。如果每个部门、单位和个人都始终如一、持之以恒、全力以赴地参与文明创建，那么就根本不会出现为迎检而无奈采取的突击行动。

因此，一个人在批评某种社会现状的同时，请别忘了自己应当承担的社会责任。实现文明交通，不能仅靠哪几个部门和哪一些人之力，也并非一朝一夕之功。社会上的每个人都不妨扪心自问：文明交通，我每天都做到了吗？

（2017年1月9日发表于《今日怀宁》）

嬗变与安定

第五辑

虚实之间

大石磨，小钢磨

这天上午，关邑闭门在家构思一部小说。没到三十岁，就从县城一家工厂下岗，他感觉自己的大学是白读了，毕业分配工作才几年，所在的工厂就停产倒闭了，在社会上彻头彻尾地成了一个边缘人，生活在一种县城工厂不要、老家农村不收的游离状态。于是，在身心疲惫苦闷时，他重拾写作爱好，几年之内发表了不少文学作品，渐渐有了会写文章的小名声。像著名作家贾平凹写的许多文学作品离不开商州一样，关邑的很多作品也没离开过他生于斯长于斯的红山坡，而他正在构思的小说，就取材于发生在红山坡的一个真实历史事件。

这部小说的梗概大致是：1959 年早春，红山坡突然发生了一起投毒致死两人的重大命案。一天早晨，在红山坡一户人家剃完头后，一个包户剃头的剃头匠被留下来吃早饭。当地农村包户剃头有一个约定俗成的规矩，全家人一年剃头都包给一个固定的剃头匠，剃头费按年收取，一年之中须请剃头匠吃一顿饭。由于自然灾害，农村正闹着饥荒，那户人家请剃头匠吃早饭，吃的是米糊。在饭桌上，那户人家的两个小孩狼吞虎咽，剃头匠见后有些心软，仅吃了一碗米糊，就放下碗筷说吃饱了。而让他始料未及的是，怜悯之举反而救了自己一命。吃过早饭没一会儿，剃头匠与那户人家所有人都倒地呕吐不止，经过卫生院紧急抢救，剃头匠与那户人家夫妇保住了性命，两个小孩不幸死亡。发病症状和呕吐物化验结果表明，米糊里被人投有老鼠药，两个死者均因中毒死亡。两人命案重大，立即引起轰动，因为两个死者的大伯，正是本县县委书记关志强。关志强在红山坡是一个传奇人物，孩童时是四处要饭的叫花子，十几岁就投身革命斗争，解放前担任游击大队大队长，解放后先后担任区长、县长和县委书记。县委书记的两个胞侄子被人下毒致死，有没有可能是残存的敌特分子在搞破坏？

　　而案发当天早晨，进出关志强弟弟家的外人，只有剃头匠一个人。所以，剃头匠虽然侥幸逃脱中毒丢命，但是活罪难逃，立即被抓起来严加审讯。在他快要被屈打成招时，红山坡的另一个传奇英雄关刘应站了出来，主动承认自己就是投毒之人。案件过山车般反转，令人难以置信，因为孤身一人的关刘应是老革命，参加革命的时间甚至比关志强还要早。他被炮弹炸伤了双腿，因没有及时追随上大部队，被迫流落在老家红山坡。到案后，关刘应主动交代，案发前一天的下午，他往生产队队屋里的大石磨的磨眼里投放了一包老鼠药，目的是想毒死每天半夜到队屋磨米粉做粑吃的大队干部。关刘应说："我恨透了这帮大队干部，全大队的老百姓都在饿肚子，还有人被饿死了，可他们不仅把稻种磨成粉，还偷偷地吃半夜餐。要是我不住队屋隔壁，眼不见心不烦也就算了，我看见了，就觉得他们简直不是人，当年老子干革命，革的不正是不顾老百姓死活的浑蛋们的命？"后经仔细调查，事实与他交代的相符。因为第二天一早剃头匠要来家里剃头，家里没有什么吃的，于是关志强弟弟夫妇在当天天黑之前，拿着家里仅剩的米，去队屋磨成米粉，准备第二天早上煮米糊吃。关刘应自首，成了万劫不复的罪人，让剃头匠得到了解脱，没过多长时间，就被依法判处死刑立即执行。据说，在执行枪决的那天，红山坡所有人都在为他流泪，当然也包括关志强在内……

　　关邑绞尽脑汁，最后将小说的题目拟定为《红山坡的良心》。当他正在考虑谋篇布局时，房门外传来了敲门声。来人是红山坡的关良苟，70多岁了，按辈分，关邑要喊他爹爹，本地习惯称爷爷为爹爹。关良苟是来请求关邑为他写状子纸，他要与人打官司。当关邑问他要告谁时，他一时又说不出一个子丑寅卯来。关良苟是红山坡出了名的大好人，是天性使然，还是被生活所逼，谁也不得而知。他总共生有七个女儿，但就是没有生下一个儿子，为了传宗接代，他将长得俊俏的小女儿七妹留在家里招亲，招来了一个家住本省北部农村的上门女婿。可女婿很不成器，都是已经生儿育女的人了，还会一门泥瓦匠手艺，可是一年到头在外务工，还要找人借路费回家过年。

　　出于家庭生活考虑，七妹借钱买回来一台小钢磨，在家里办起了豆腐加工厂，顺带代客加工各类谷物磨粉、磨辣椒酱等，也只能赚一点日工钱。关良苟要告状的事因就出在小钢磨上。去年腊月的一天，由乡、村干部联合组成的收缴小组来他家收取应缴款项。

　　七妹正在围绕着小钢磨忙活，就跟收缴人员商量说："家里一时拿不出那么多钱，能不能缓一缓？"

收缴人员说："不行，你家历年尾欠款都还没缴清，今年不能再欠了。"

七妹说："真的是没有，让我怎么办？"

收缴人员说："家里没有，哪不知道去找人借啊。"

七妹说："借都借尽了，没人肯借了。"

收缴人员说："你分明是在狡辩，没有出去借，怎么知道借不到？"

七妹说："我求爷爷告奶奶借来的买机器的钱，许诺人家腊月就还，到现在都没有钱还，让我现在又上哪儿借到钱？"

收缴人员诘问道："那你今天是没有钱给是吧，都像你家这样，我们的工作哪还有得干？"

七妹没好气地说："反正我今天是一分钱都没有，你们爱咋的就咋的。"

收缴人员说："这可是你说的，别以为我们没有法子，我们有的是办法。"

双方说着说着，情绪都有些激动，说话也越来越带火气。眼见完成不了下达的收缴任务，收缴人员有些着急，便要将小钢磨拉走抵款。七妹便极力阻拦着不让拉。在你来我往的争夺过程中，小钢磨突然倾翻，正好砸中七妹的右脚。去医院检查，七妹的右脚趾骨折，不能下地干活不说，还花了1000多块钱的医疗费。

关良苟告诉关邑，他去找村里，村里让去找乡里，等他去找乡里，乡里又让去找村里，村里和乡里来回踢皮球，他跑来跑去许多趟，可问题一直没有得到解决，于是就想到了请人写状子纸打官司。

在红山坡的家族历史传说中，清朝时有一个祖先远近闻名，他的名字叫关思晏。据传，一名堪舆师在为他家看祖坟时，推算出此坟如若葬下去，下代必会出一个状元郎，于是便说给当时正怀着关思晏的主妇听，她却随口说不出一个搅屎棍就算万幸。也不知道是不是因为提前泄露了天机，最终还是他母亲一语成谶。尽管关思晏长大后文才盖世，可就是没有考上功名，成为一个喜爱打抱不平的一代讼师，替人写的状子纸出神入化，打官司能将死的扳成活的。

关良苟对关邑说："伢呐，要是思晏公还在世就好了，我实在是没有办法，也找不到合适的人，我找来找去，眼前红山坡也就只有你能拿得起笔耍得了笔杆，你要是不帮爹爹，那就没有人能帮我了。"

关邑听后受宠若惊，平日在报纸上发表几篇破文章，竟蒙老长辈如此看得起，自豪感和责任感一下子骤升，脑袋瓜子开始飞快地转动。关邑问："良苟爹，你可找过村里老一？"

关良苟回答道："找过了，村里书记村长都说村里解决不了，村里还欠乡里一大笔应收尾款。"

关邑接着又问："你可找了乡里老一？"

关良苟说："找了乡长好多次，现在我连他是谁的儿子都摸清了，他就是过去包红山坡剃头的剃头匠的大儿子。"

剃头匠的大儿子！剃头匠是正在构思的小说中一个主要人物的生活原型，一提起他，关邑顿时就有了好主意。他兴奋地说："良苟爹，我现在带你去见一个老熟人，他老人家要是肯帮忙，你就根本不需要去打既花钱又费力的官司。"

关邑将关良苟带到离休在家颐养天年的关志强家中。见面后，关良苟与关志强感到既亲切又亲热。关良苟一时不知道怎么称呼关志强才好，一下子喊老书记，一下子又喊老大哥，不停地念叨着你真是惜念家乡的大好人。的确，耄耋之年的关志强非常平易近人，家乡人情观念特别强，离休后还回过几次红山坡，每年都会给红山坡小学捐款捐物。

关邑刚把来意说完，关志强就非常气愤地说："怎么又是磨子？难道磨子留给红山坡的教训还不惨痛吗？磨子吞粗出细，为什么我们的干部就不能以磨为鉴，在工作上多出些细活。乡长竟然还是剃头匠的大儿子，难道他爸没给他说过从前那桩差点要了他命的案子？"眼看快到吃中午饭时间，关志强热情地挽留道："两位今天给老朽一个面子，中午在家里儿吃过便饭才走，我和良苟老弟恐怕有十几年都没有见过面了，小伙子你也很不错，有文才也很有责任担当，不愧是红山坡的后起之秀。今天两位来找我，算是找对了人，这件事我过问定了。良苟老弟，回去后也不要再东奔西走了，如果你相信老哥，后事就交给老哥，我一定要让他们给你一个公正的交代。"

后　窗

　　眼看冬季即将来临，晓薇又在把刚剪的窗花往自家后窗玻璃上贴。她喜欢看洁白无瑕的雪花纷纷扬扬飘下的样子，在寒风中乱舞的雪花有时也会飘落几片到窗玻璃上，晶莹剔透的六角形特别好看，可是还没等到细看，就很快融化了，根本也留不住。冬天年年有，想到了雪花，她就应景地剪下了雪花窗花。

　　她是一名小学教师，在与丈夫谈恋爱结婚时，教师的工资福利待遇不高，远不如成天热火朝天忙于生产的工人，所以结婚后把家安在丈夫所在工厂分配的职工宿舍楼。宿舍楼是一排背街的三层楼房，她家住在一楼，从后窗往外看，与街边人行道格外接近，街对面隔着花圃和围墙的是市青少年宫，右侧离其不到50米，是同样用花圃和围墙隔着的市体育场，两单位的中间路段设有一个公交车站，是好几路公交车的首发站。相比较而言，她觉得家里后窗更贴近社会。

　　她喜欢自然光线，喜欢从后窗看街，不喜欢成天用窗帘遮住窗户，让房子里变得既昏暗又沉闷。她的手工制作在市内很有名，在市青少年宫曾举办过个人布贴画画展，她的剪纸作品也不赖，喜欢剪些花鸟虫鱼以及喜庆娃娃，应景地贴在后窗玻璃上。从街边人行道过往的行人，特别是中小学生，喜欢在窗下驻足，欣赏她的作品，以致有几次在家中没人时，后窗玻璃被敲碎，作品也随之不见。后来为了安全，丈夫为后窗加装了一副用细钢丝编织而成的防盗网，不过她打心眼里还是喜欢以前那样一览无余，过了好长时间才逐渐适应因之而生的支离破碎。

　　在贴雪花窗花时，她通过后窗防盗网孔，发现街对面花圃和围墙正在被挖拆，熟悉的事物猛地发生改变，不免好奇地多看了一阵。随后，她经过多方打听才知道，挖拆花圃和围墙是要在那儿建下岗职工再就业一条街。果不其然，几个月后，一排二层的门面房竣工，挂起了"卜岗职工再就业一条街"的牌子，进驻的小商小贩还真不少，米面粮油酱醋茶、蔬菜水果豆腐肉食制品、服装鞋帽等应有尽有，鸽市、鸟市、狗市、猫市等应运而生，一派繁荣景象。

她有心让下岗在家的丈夫也去租个门面，但一时又拿不准做什么生意。丈夫所在的工厂先是搞职工房改，让缴钱买下住房，后来又搞下岗分流，家里原有的一点积蓄，差不多都拿出来买房了，做生意越是没有本钱，越是心虚害怕折本，所以未敢轻举妄动。可是，丈夫下岗在家，孩子还在读书，仅靠自己一个人的工资，实在难以养家糊口。

天天直面日益繁荣的下岗职工再就业一条街，一家人却在家里进退维谷，她很不甘心，思了又思，想了又想，盯着后窗向外看久了，终于有一天有了一个主意。她说服丈夫拆除了后窗防盗网，将原来的钢筋齿窗换成了可以推拉的铝合金窗，将房间改成了烟酒熟食小卖部。

从那以后，晓薇家的后窗上再也没有出现过窗花，她一天到晚都很忙，下班回家还要帮着开店。假如有哪一天，有人因满怀回忆而在她家后窗跟前流连，没准就会听到她用很标准的普通话在说："请问，您需要什么？"

迁　坟

县政府的迁坟公告刊播出来之后，关家老屋旋即陷入一片忙碌之中。因高速公路建设需要，关家老屋祖坟山的所有坟冢需要迁移，迁坟补助按每座坟冢 5000 元标准执行，迁坟时间限定得十分紧凑，要求坟主家属尽快与村两委联系，协调迁坟相关事宜，逾期未迁的将视为无主坟处理。

关家老屋祖坟山是屋场的公地。在实行土地联产承包责任制后，关家老屋的田地都分到了各家各户，屋场再也没有一块公地，因此所有坟冢只得迁往村公墓。幸好县、乡政府考虑周到，早有安排规定，对因修建高速公路而迁进村公墓的所有坟冢，公墓经营管理者不得以任何名义收取费用。

其实，迁坟补助也就只够迁坟所需，坟主还要搭进去不少人力精力，但为了顾全高速公路建设大局，在乡、村的联合协调推进下，迁坟工作进展得十分顺利。临近限定时间，关家老屋祖坟山只剩下一座坟冢自始至终无人认领，连一块石碑都没有立，像一个小山包一样，孤寂地躺在祖坟山的西边旮旯里。

高速公路开工在即，眼看它就要被当作无主坟处理了。这天，关邑的一位居住在市里的堂伯匆匆地回到关家老屋。他与关邑的父亲是堂兄弟，年龄比关邑的父亲要大十多岁，年轻的时候去部队当兵，转业回来被分配到市区工作，随后在市区结婚生儿育女定居。

关邑的堂伯对关邑的父亲说："四弟，我回来看看坟。"

关邑的父亲说："大哥，你回来太迟了，家里的祖坟都迁移好了。"

关邑的堂伯说："我刚去祖坟山看过，还有一座坟没迁移走。"

关邑的父亲说："可那不是我们家的祖坟，屋场上下都不知道它到底是谁家的坟。"

关邑的堂伯说："它确实是一座无主坟，村里正准备按有关政策规定迁移。不过，我已经跟村两委协调，同意由我私人出钱，把它迁到村公墓我们家祖坟旁边。四弟，你可一定要帮大哥这个忙，替我牵头请人把它迁移。"

那座坟迁移好的那天，关邑的堂伯又专程从市里赶回，按照乡俗燃放香纸鞭炮，在坟前隆重祭奠。关邑的父亲怕自己小时候记性不好，记忆中有所疏漏，便找了一个机会问堂兄迁葬的到底是谁。

关邑的堂伯说："我也不知道他是谁，小时候我父亲曾带着我给他上过坟，说他是一名国民党士兵，是作战勇猛不怕死的广西佬，在一次发生在独秀山脚下的抗击日本鬼子战斗中负伤死去，死时还不到二十岁，是我父亲领着几个人将他安葬在屋场祖坟山的西边旮旯里……"

收　　割

在幸福村使用世界银行贷款建设的农业二期加灌项目区内，平整的水稻田成方，田与田之间的路两边，栽种的低矮常青林成行，无论是远观还是近看，均令人赏心悦目。水稻田里的晚稻早已熟透，稻棵下面的干涸泥地上，掉落有不少被风吹刮下来的金黄色稻粒。

虽然项目区外的水稻田里的晚稻已被收割干净，但是在省、市联合观摩检查组莅临之前，项目区内水稻田里的晚稻，不管是谁家的，都不准私自收割！这是层层下达给幸福村的命令。

近一个星期以来，为了不折不扣地执行上级命令，做好项目区内有水稻田群众的思想工作，镇政府联系幸福村工作的驻点干部张成忙得不亦乐乎。为了防止有的群众不听劝告私自下田收割，他干脆吃住都在村部，一天到晚带领村两委一班人在项目区巡逻。

项目区是镇、县两级申报的农业示范项目，各式各样的学习、观摩和检查，每年都有好几次，而且内容不断推陈出新。今年省、市联合观摩检查组主要是来观摩评估小型联合收割机首次在项目区使用。在几天之前，上级配发下来的 4 台小型联合收割机已经运抵幸福村村部。

这天一大早，张成终于等到了镇政府办公室的电话通知，省、市联合观摩检查组当天上午就到。在指挥人将 4 台收割机从村部运到项目区内的一块晚稻田边以后，张成和村两委一班人就等候在通往项目区的道路旁，周围同时也聚集有不少幸福村的群众。

天好像要下雨，人群中不知是谁嘟哝了一句。张成听后抬头望了望天，心里感觉天真的要下雨，于是不禁怨天尤人起来，天早不下雨，晚不下雨，怎么就偏偏等到检查组来的今天下雨。

上午 10 点多，省、市联合观摩检查组乘车来到了项目区，车队总共有大小车辆十几台。从车里出来的一大群人迎着新闻记者的摄像机、照相机镜头，沿着田间笔直的小路走到项目区内的晚稻田边，然后站在那里煞有介事地指指点点。

张成在人群中看见镇长手提一只喇叭，不时地举到嘴边做着解说。随着主持活动仪式的县政府领导在致辞结束时的一声令下，4台收割机轰鸣着奔向前方开始收割。听不清镇长嘴对着喇叭在说些什么，只见联合观摩检查组成员们不停颔首，其中有人还在用手机不停拍照。

还没等收割机在一块稻田里奔突几个来回，天就开始下起了小雨。县领导经过与联合观摩检查组带队领导商量，决定观摩检查活动就此结束。联合观摩检查组以及县、镇陪同人员纷纷上车，车队开始撤离并沿原路返回。

直到这时，张成才有机会靠近殿后的正准备上车的镇长，主动打了一声招呼。

镇长说，张成，这几天辛苦了，干得不错。

张成小声问，领导，天下雨了，命令还继续执行吗？

镇长略作沉思。眼见前面的一辆车跑动起来了，他一边关车门，一边对张成说，观摩检查活动结束了，你去通知一声，命令可以撤销了。

张成回转过身子，这才发现自己的身边空无一人，再去找村两委一班人通知撤销命令已经毫无必要，眼前幸福村的群众像潮水一般冲向项目区内自家的晚稻田里。

雨还在下着，好像还大了一些……

附录

挖掘故事里的美好

——读郑生发诗文集《洪水中的麦子》

一个人尤其是一名草根作家，只有植根于平凡的生活，其笔下的美好才会持久而坚挺。对于怀宁的广大文学爱好者来说，大多知道郑生发其人，却很少谋其面，较少读其文。

现在，我又一次读完了诗文集《洪水中的麦子》，读得较认真，有些段落读两遍，有些句子划红线。说实话，生发先生这本集子上所收入的散文和诗歌，我在以前大多零星地读过，现在如此集中且比较投入地再三读它，主要因为我与生发先生同在一个乡镇长大，可以说有地域之缘，作品中的"故事"包括乡谚俚语的使用，读来有一种莫名的亲切感和认同感；其次，我喜欢写读后感之类的小文章，这就迫使我必须潜下心去拜读了。

读完集子上的诗文，我认为这些文字恰当地表述了一位"浑身沾满泥土"的民间作者，在生存受到不可改变的现实重压时，所固有的痛苦和忧郁，以及决意"拥有一本属于自己的书"时所表现出来的执着与追求。"渴望一种安定的生活，一直是我的人生理想。读书，升学，就业，我走的是大多数跳出农门的农村孩子的共同之路，不过在这条路上，我走得并不顺利，大学毕业分配到工厂，曾经三次报考过国家公务员，但每次都只开了花，最终都没有结成果子，在工厂下岗后，又到县公安交警部门做从事交通安全宣传教育工作的辅警……"（《还有多少美好可以留存》）很老实很坦诚的叙述，让我觉得他是一个"有故事的人"。也正因为这位"有故事的人"坚持不懈，在"苦"的领域做着"甜"的事业，所以我能感受到他积极深入社会，用朴素而亲切的文字反映了底层人民生活的同时，更昭示我：一介卑微的生命，不会拒绝平凡生活的灿烂!

　　细读《吾乡吾土》《严父慈母》《辛辣往事》《人生况味》四辑中的系列纪实散文,我的第一印象是,生发先生有一种能用文字驾驭故事的好笔力,而每则故事讲述结束,他都能撇开描述,得体地抛出自己的观点,亦即挖掘出故事里的美好。也正是这些平平淡淡的叙述,让我觉得他是在真正意义上"生发"开去:如《全生产队打平伙》一文的结尾就是这样的:"时至今日,离开村庄已是成人的我不知道几个乡亲像自己一样,还记得那次全生产队打平伙,还记得那顿油腻充足得令人难以接受的午餐。我并不是单纯怀念从前贫穷庸俗的乡下生活,而是越来越感动于其间闪耀出的人性的美好与善良。"——打平伙弥补了失去家猪的缺憾,却"技巧"地帮助邻居跨越了忧伤!因为生发先生年龄与我相仿,经历有些近似,他所描述的故事包括他的亲人,大多关于我们的家乡,有些我甚至感同身受过,所以我在阅读时一度情景再现,情怀不能自已。"自从老娘的病情确诊后,我就越来越怕拨打她的手机,我真怕有一天手机那头老娘慈爱而坚强的嗓音不再想起……"(《老娘的手机》)"正因为坚守,也因为等候,更因为无法预知,非唯母亲,所有逝去农民的末季庄稼,才让人觉得无比悲情。"(《母亲的末季庄稼》)"身处社会最底层的父亲让我从此领悟,真正的强势来源于一个人对社会和生活所拥有的态度。父亲留给我的不是有形的财产,而是无形的财富。"(《我的父亲很强势》)……这种挖掘身边琐事和挖掘平凡人不平凡小事的千字文,一旦用"展现自我存在价值与意义"的朴素语言去"见事析理",便感染了广大读者。而这,也正是生发先生以情动人的原因之一。这样想着,我便想起一句很有哲理的话:溶入水中的盐无形而有味。借用怀宁籍著名作家朱移山先生的话就是:"一些美好可能很难留存,但会有新的美好如期而至。只要生命信念不移,情怀阳光依旧,历史的演进总会不断地回馈惊喜。没有什么忧伤不可以超越!"(《有多少忧伤可以超越》)

　　长期与社会最底层老百姓接触,郑生发的作品始终充满着"地气",作品看似说故事,其实是平淡中蕴藏了深厚。《洪水中的麦子》既是单篇名也是书名,麦熟时"宁折勿弯"所"树立起充满阳刚的形象",既是麦子面临"洪水"时的真实写照,更是和麦子同肤色的人类的精神底色。"我到如今为什么还念念不忘洪水中的麦子,是因为我把它当成广泛的比喻,甚至把它想象成纯洁正强遭玷污,美好正被人们轻易放弃。"(《洪水中的麦子》)很显然,这篇散文的主题外延已经涵盖了悲悯的范畴——格局决定结局,态度决定高度。

郑生发就这般通过讲述"小故事"生发"大内涵",用一贯的"故事"笔法,引领自己在文学的小路上一篇又一篇地向前着,不抱怨,不等待,也没有盲从,坚定地迈出自己的脚步,填平身后的坎坷,终于迎来了"拥有一本属于自己的书"的快乐。

生发先生是我见面最少的文学固守者,我和他的创作活动都处在需要发展和成熟的过程中。统观全书,第五辑的《激扬文字》(时事政论类)和第六辑的《如歌散板》(诗歌),因为自己"不懂",权且省略过去了。就前面四辑而言,无论是内容还是体裁形式,甚至写作技艺,都有一些不尽如人意的地方。而这,正是"不会做裁缝"却喜欢"网边"的我,需要指出更需要用毕生的精力和努力,去逐步得到丰富和完善的。既然这些作品都具备了"记录"的内核,具有了作品的本质,作为生发先生的文友兼老乡,我便要去认真地阅读,发现其中的真善美,以期与他共勉,然后写出更多更好的作品。

(此文为我黄墩老乡、作家程振华先生在我的第一本书《洪水中的麦子》出版后所作,特意收录其中,以表对程兄的谢意)